岁月如花

陈福钢
著

中国文联出版社

图书在版编目（CIP）数据

岁月如花 / 陈福钢著 . -- 北京 : 中国文联出版社 , 2023.5

ISBN 978-7-5190-5104-4

Ⅰ . ①岁… Ⅱ . ①陈… Ⅲ . ①诗集－中国－当代 Ⅳ . ① I227

中国版本图书馆 CIP 数据核字 (2023) 第 063993 号

著　　者　陈福钢
责任编辑　胡　笋
责任校对　秀点校对
封面设计　麦　青

出版发行　中国文联出版社有限公司
社　　址　北京市朝阳区农展馆南里 10 号　邮编 100125
电　　话　010-85923025（发行部）010-85923091（总编室）
经　　销　全国新华书店等
印　　刷　北京地大彩印有限公司

开　　本　880 毫米 x 1230 毫米　　1/32
印　　张　8.25
字　　数　174 千字
版次印次　2023 年 5 月第 1 版第 1 次印刷
定　　价　56.00 元

生命之花，绽放在悬崖上

——简评陈福钢诗集《岁月如花》

峭岩

人的生命，只有一次。每个人都是祖国胸膛上的花朵，有谁不去珍惜呢？然而，历风经雨，冒险前行，会是人生的必经之路。越过悬崖险途，方见人的真本色。读了诗人陈福钢的诗集《岁月如花》，顿然使我感到生命的可贵，以及面对困境泰然处之的人生姿态。也许是意外来得太突然，猝不及防；也许岁月太过静好，才使诗人产生许多思绪，于抗争中站稳伟岸的身躯。

我们知道，陈福钢是个历经浴火重生的人，是老天爷半路放手的人。我坚信，死过一次又复生的人，他必定是一个再生的巨人。

陈福钢，作为一个身材不高的灵性诗人，他却有伟岸的灵魂。之所以说他伟岸，是因为他在多面的生活复合体中，游泳，历练，风风雨雨，苦苦辛辛，涅槃了一个趋于圣洁的灵魂。这颗灵魂的强大支撑是善良，是悲悯的情怀。他从一个农村的毛头小子，怀揣诗歌的火种，走进城市打拼的历史，是那个时代的印记，更是他自己的独持的履历。

五十年的摸爬滚打，他当过临时工，卖过光盘，做过电梯销售。生活逼迫他寻一方天地，施展他的抱负。忘不了创业之始，他在曹妃甸植树的经历。一块钱没有的他，借债几十万拿到了绿化工程，没有经验“照猫画虎”地挖坑栽树，披星戴月，风雨无阻。岂知树苗“水土不服”，大片的树苗枯死。那个夜晚，他身披军大衣，蓬头垢面，坐在曹妃甸海滩上，欲哭无泪，泣不成声。他几欲跪下，祈祷树苗：“树啊，你们行行好，活了吧，你们的活就是我的生命！”面对凄惨与无望，他恨不得把自己栽在地里，变成一棵树。

这场梦，以失败告终，也正是这次植树的失败，换取了他成功的秘籍。之后，他以诗人的激情，以智者的聪慧，迎来了一个又一个丰收的黄金时代。

应该说，陈福钢是一个懂得“黑夜给了我黑色的眼睛，我却用它寻找光明”的人。他是用善良铺路，执火前行的人。

这里所有的诗歌，是他在成功的巅峰之后，和一场大病搏斗之后，死而复生之后获得的。无疑，这本诗集记录的是生命的挽歌，也许，它全部的意义就在这里。

正如《在因果里修行》一诗中他说：

平凡得再也不能平凡的一个午后，

救护车和亲人们簇拥着哭声与泪水渐行渐远

一条河的尽头

一条冰冷的巨石之上绑缚着一个魂魄

天黑黑地压下来

开始发狂把天抓破

天使们穿着白的蓝的外套

没有嘴巴只有眼睛

黑白无常混在其中

一脸得意的狰狞

胸膛一点点撕开

牙关一夜夜缝合

天堂

地狱

人间

寻不见逃生的绳索

所有的舍还不清全部的债

此时此刻即是得

双唇咬裂沿着血的路径来到昨天

精心种下的玫瑰早已漫山遍野　泛滥成海

远远看到一个太阳和后来者正挨个儿殉海

欲望的黑洞徐徐打开，旋转

吞噬经过的所有欲望

眼皮顶开天地

疲惫的黎明

抬手，摸了摸天边的黑洞

洞中的黑暗开启了他光明的修行

这是他病中的全部过程，从鬼门关拉回的过程。跳跃的语言组合让我们明晰

一条线索，那就是死亡面前的人心百态，复生后的决绝选择。死亡于他人，是个考验；于己，是大彻大悟。“抬手，摸了摸天边的黑洞，洞中的黑暗开启了他光明的修行。”正是这场劫难，给了诗人一把生命的“金钥匙”。

他也告诉我们：生命的最后一刻最精彩！最精彩的不是又活了，而是他得到了光明的指引，明白了怎样做人。

关于死亡是这样的定义：对于自然是规律，对于人类是觉醒。

歌德说：“能把自己生命的终点和起点连接起来的人，是最幸福的人。”又说：“死，对于智者并不是恐怖，对于善者并非是终点。”他还说：“死，使善者坚强，使智者认识生，教他如何行动。死使智者和善者永生。”

所有这些对死亡的论述，应该是最精准的，也是哲学的。

它告诉我们，不要恐惧死亡，人死了，只是变了一个生存空间，就是从人间到了天堂。可怕的是，在人间为人的时候作恶不善，死后也要下地狱。只有积德行善的人才有资格上天堂。

劫后余生者，有三个境界：活着真好（朴素的感情）；不能虚度时光（积极珍惜的态度）；生命归于善行（活着的真谛）。

显然，诗人选择的是后者，生命的一切旅途除了尽亲情义务之外，还应该建立在“行善积德”的大道之上。无疑，全部诗行的诞生，归属于“因果”二字，是诗人劫后大难不死的经典概括。这种精神过滤，是诗人的天性和才华，他一再证明诗人在走向成熟。

我要说，诗歌是一把时间的刻刀，它能把粗糙的剔除，把精彩的显现，把洼地填平，把伤痕烫平。对于陈福钢何不如此？

在诗歌的金属镜面上，我们看到一个额头宽大的男人，拄着诗歌之杖走来。在平原与高地之间、在乡村与城市之间寻觅，一种激情鼓荡着他。他承载着勤劳简朴的生活及传统农耕文化的智慧，锻造了他的个人侠义与浪漫的气质。某一段情感、某一个事情，他可以折断自己的骨头，也可以摔碎一块玉。他可以随时找到诗意的现场，又能当众慷慨激昂地朗诵即兴诗歌，是无处不浪漫的人。

诗人，以诗立骨，以言取象。我们发现在这么多泣血写的诗行中，他大胆地开拓了诗美的疆域，而且建立了个人的语言秩序和特色。他把这次“死而复生”

的经历，切割成无数个横断面，入肌入理地打磨，呈现出诗的疼痛感。犹如一曲马致远的《天净沙 · 秋思》，悠然、悱恻、凄凉、豁达，五味杂陈，又诗意向远。

“芳菲散尽世俗之外 / 谁躲入你的青翠 / 一次次倾诉泛黄的哽咽 / 角落里聆听半生的呼吸 / 前路抑或归途 / 布施给自己的 / 是空空的期许 / 怜悯初忆刹那的繁华 / 流水落花之上 / 谁的微笑 / 谁的叹息 / 你结痂的痛 / 令我不能与你执手作别。”（《仙人掌》）面对世态炎凉，面对深陷病危的现实，发出诘问，问己、问他、问空空，表现了向生而行，不能撒手的决绝情感。

“枯萎的时光 / 石头瑟瑟发抖 / 风是饥饿的群狼 / 守卫这片土地吗 / 这寸草不生的沙砾 // 什么力量涂炭了你 / 阳光下看到死 / 月光下看到生命吗 / 周身沾满故乡的春色 / 给它一抹生机 / 叹息中我确认渺小无力 // 伟岸的身躯 / 坦荡广袤的胸怀 / 历史深处肥美的水草 / 火热的歌舞眼神 / 柔情似水 / 肝肠寸断 // 春闺梦里的悲伤 / 可为玉碎的铮铮誓言 / 今天 / 誓言静静躺在那里仍是誓言 /——誓言不死你我就是活着的誓言。”（《无语的玉门关》）身在病中，而心却无比强大。在悲风苦雨的玉门关，诗人找到了春色，看到了依然活着的誓言，是生的渴望力量。

“童年总爱站在村西头高高的土岗上 / 眺望远方 / 老人说火烧云下有一座大城

/ 有出息的人 / 收音机里讲话的人住在那里 / 当晚做了梦 / 恍惚进了城 / 僵硬的面孔毫无血色 / 一双双警惕的眼睛像冬夜上空悬挂的镰刀 / 光脚乱跑怎么也不能出城 //……当晚又做了一梦 // 我被葬入高高的土岗 / 清晨钻出脑袋瞭望 / 不远的村落被一座座鳞次栉比的高楼淹没 / 故乡只剩了名字 / 返程攥上一把土 // 传说土中千年的鱼子不死 / 我就是故乡放生的一尾鱼 / 游多远 / 长多长 / 月圆之夜 / 乘着月光也要游向那高高的土岗。”（《高高的土岗》）不能泯灭的童心，向上的心灵火焰，呼之欲出。

这样的语言造境，虽然有些拖沓，但却充满了诗人求新求美的表达欲望。正如美国的美学家苏珊·朗格所说：“当一个诗人创造一首诗的时候，他创造出的诗句并不单纯是为了告诉人们一件什么事情，而是想用特殊的方法去谈论这件事情，因为诗的陈述总是要使被陈述的事实在一种特殊的光辉中呈现出来。”那么，我们可以把“特殊的光辉”理解成一种美，美的事物，美的升华。以上所引的《仙人掌》中的“不能与你执手作别”，《无语的玉门关》中的“铮铮誓言”，《高高的土岗》中的“千年不死的鱼子”，等等，都遵循了这一创造原则。当然，这里也包含了苏珊·朗格说的“诗歌创造了一个虚幻的生活”这一定义。这个虚幻之境，恰恰是从抽象到具象、从客观到主观的艺术转换，从而建立了诗人独立的诗歌现象。

诗的根本存在，是诗人咀嚼生命的浆液之后的歌哭。陈福钢主张的“岁月如花”，可以说是他人生中个体生命的典型化呈现，是他一次生命遇险而获得的真情感悟。“抬手，摸了摸天边的黑洞，洞中的黑暗开启了他光明的修行”，这是他历险后全部的呐喊，更是他对自己的终告。虽然不是唯一，却有普遍价值。因果论作为佛教用语，但它却是人生乃至宇宙的终极真理，它引领人类从野蛮走向文明、善恶有报的事实，已是一种哲学深入人心。

生命有长有短，如果我们都把日子过成绚丽的花朵，人间便是光明的世界。

2022 年 2 月 14 日

目录

附　录

1 在因果里修行

2021
9
23

平凡得再也不能平凡的一个午后
救护车和亲人们簇拥着哭声
　　与泪水渐行渐远
一条河的尽头
一条冰冷的巨石之上绑缚着一个
　　魂魄
天黑黑地压下来
开始发狂把天抓破

天使们穿着白的蓝的外套
没有嘴巴只有眼睛
黑白无常混在其中

一脸得意的狰狞

胸膛一点点撕开
牙关一夜夜缝合
天堂
人间
地狱
寻不见逃生的绳索

所有的舍还不清全部的债
此时此刻即是得

双唇咬裂沿着血的路径来到昨天

精心种下的玫瑰早已漫山遍野

　　泛滥成海

远远看到一个太阳和后来者

　　正挨个儿

　　殉海

欲望的黑洞徐徐打开，旋转

　　吞噬经过的所有欲望

眼皮顶开天地

疲惫的黎明

抬手，摸了摸天边的黑洞

洞中的黑暗开启了他

光明的修行

2 献歌

夜读陆游《钗头凤》有感

2020
3
3

宋朝的城头垂柳

依然长在陆游的词中

青春之事

古人的传唱已精美绝伦

夜已睡沉

失眠的山风吹过星空的睫毛

谁曾见过你的走失

从前世到今生

彼此赴的是这道轮回的约定吗

今夜山河不甘寂寞

皎月下化作世间悲欢

鬼斧神工造化弄人

世上无慧眼可借

无明天可预支

星移斗转，难闭的双眼

回看奔驰的光阴

以及光阴里屈指可数的所获的
　　珍宝

那是谁家的珍宝啊

夜夜裹挟着不老的月光

青春的潮水

把藏在最高处的幸福一遍遍

淹没

心底的泪

永未疲倦的波涛

生命是条湍急的河

飞驰过去的身后

唐朝在那里

宋朝在那里

你我在那里

是是非非因因果果在那里

恰如两岸的古柳

目送过多少一泻千里的秋色

亘古至今

茫茫人海

岁月深处

只有你我相视的双眸

还记得她们

曾开心笑过

纯真哭过

仿若草原上盛开的野百合

晴空或雷雨中

都是献给生命的歌

3 强光

2022
7
20

花木兰穿上今天的尚装

在场聆听我们商场的阵战

沉默寡言热血债张

一台台演出一代代谢幕

皆是抚平所爱之人的孤独

其实一个人在一直演出自己

无数的独幕

彩排再彩排重来再重来

只剩那个真实的名字

能够攥在手中从起点暖到终点

呼吸之间不过是给自己

一回回的报幕

风很多时候扭曲我们

排演的剧目

花木兰坐在千年前的角落

一旁的老者看着他的女儿

那是一座美丽温婉的石塑

只是不知有没有孕育出乳汁湿润

星星的小嘴儿

期盼一生的称呼

4 仙人掌

2021
4
30
晨

芳菲散尽世俗之外

谁躲入你的青翠

一次次倾诉泛黄的哽咽

角落里聆听半生的呼吸

前路抑或归途

布施给自己的

是空空的期许

怜悯初忆刹那的繁华

流水落花之上

谁的微笑

谁的叹息

你结痂的痛

令我不能与你执手作别

拥抱与青春同奢

远处青山有证

柔情犹侧

誓言已为废弃之锁

从此春光成陌

冬雪不阿

彼此不过偶遇的果

我曾愿作你白昼的沉默

你却做了我子夜纵情的歌

5 又见中秋

2020
10
1

奈何桥畔盛开的莲花

一次次见证

一次次的

道别

孟婆诡秘的

笑

壮行的汤

含泪微笑

一饮

赴死的英雄走向远方

中秋佳节

再次无声地走进小院

我没有认出

石榴站在枝头眺向远方

是谁哭肿的眼睛

菩萨请您赐它一张嘴吧

喊出那个夜夜驰骋的名字

阳光软下来

新的轮回开始

有的叶子已经走了

我还在等

多年前栽植的树木已成景致

枫林竹海

玉兰是母亲今生今世的名字

她仍是那么恬静温情

父亲早仙逝化作风在枝丫间

穿行

千年了

醒来吧

月圆之前

谁不曾与春天走散

6 纸上谈兵

2020

10

1

惊雷邀暴雨

云

卷走刚画完的脸谱

子夜不赴逢场的戏

明朝深巷唯恐寻自己

大帐单处

残意虐笑意

翻阅巨颅中

藏的几本破书

寨门昏灯二盏

持伏甲兵十万

和衣仗半截秃笔

闻鸡习起舞

草莽逐江湖去了

掐指细数荣枯

家人随意万里曾波涛

新欢无觅旧颜已杳

今夜销今事

不涨心潮

酒酣处

暗礁正列阵千丛

点谁

与我碰杯

大笑

共度这重生的

良宵

7 放逐爱与被爱放逐

2021

9

24

每个人几乎都曾被拐卖

被一个叫爱情的人领回家

其实那是一个巫婆

青春走远叶子泛黄

结出的红红的果

那是未熄的灰烬吗

还是用来复仇的

种子

那全是巫婆的计策

小气的人啊没能识破

终于有一天种子翻山越岭

走过

　　山坡

走进

　　万家灯火

风雪的夜他提着灯笼

扶起一个跌倒的过客

先生路滑拿上吧

他没认出

　　我

我认出了

　　他

8 她在看家

头骨

　　钻开

遗忘却未能忘

呼救与呼唤

那是脑海中的海啸

汹涌滔天

监护里天使与魔鬼对峙

同林鸟里的她没有飞

在看家

植物人　瘫痪　在演戏

一双姐妹在拾荒

大女银行忙 小女变城墙

人未死，魂无恙

七天七夜抢救

病房春花放

她在家中守护

一寸心疼一寸肠

多亏女儿劈山救

诗人小命又还阳

破

天荒

9 腾格里沙漠

2021

11

3

陈福钢

蹒跚

摔倒

翻滚

劝阻

搀扶

无效

择高处之高

蓝天签上

扯角白云擦汗

布雨不过此番情景

择

平处坐

亮出 50 年锻打的

目光

打量打量万年无情

你是死亡的海洋

重生的感叹号

先晒晒阳光

叫不出名的蝼蚁投递工整的履历

也许是

诉状

风怕泄密

随即

抹去

知道你有四万平方公里的委屈

神秘地用委屈里珍藏的湖泊

那是你快要哭干的眼泪

滋养小草飞鸟星光

忍受骄阳的撕裂

风的驱赶鞭子

知道亿万年累生累世的众生

上岸的

惆怅

　　愤怒

杀戮

　　忏悔

救赎

比你还多的白骨

堆上你的肩头

骂名烙上你的脸

那两条腿的贪婪

继续贪婪

你四方

　　奔走

无处申冤

我也曾是制造贪婪的一个

幸得指点

从经卷

走来

从东方

走来

平息汹涌的往事吧

注解你沉默的历史

在东方

即将磅礴胜出

到时庆祝彼此的涅槃

我们高举奢侈的

眼泪

与天地

干杯

10 行走的七彩舍利

2021

10

6

黑夜把七彩的你送到我的家

其实我是个幸运者

我确定你是从我身体中央穿过的

是我的骨骼

天地间

本没有你

神话之后方有你

经过我之后你也会如此地审视我

怎么发现你就如你发现我

凡胎肉眼彼此只是一个暗点

一尘一世界

每个世界华彩万千

无缘不见

有缘必见

为得一见

必先从善

凡眸寻不到前缘

找不到返回的姻缘

纵雷鸣电闪，也视而不见

一天

当你不得不交还你自己

我喜极而泣

终于得见那七彩的舍利

酸甜苦辣贪嗔痴

爱恨离合你我他

遥遥地站在那里熠熠生辉

照耀你晶莹的归程

11 无语的玉门关

2019

5

1

枯萎的时光

石头瑟瑟发抖

风是饥饿的群狼

守卫这片土地吗

这寸草不生的沙砾

什么力量涂炭了你

阳光下看到死

月光下看到生命吗

周身沾满故乡的春色

给它一抹生机

叹息中我确认渺小无力

伟岸的身躯

坦荡广袤的胸怀

历史深处肥美的水草

火热的歌舞眼神

柔情 似水

肝肠寸断

春闺梦里的悲伤

可为玉碎的铮铮誓言

今天

誓言静静躺在那里仍是誓言

——誓言不死

你我就是活着的誓言

12 高高的土岗

2021
10
8

童年总爱站在村西头高高的
　　土岗上
眺望远方
老人说火烧云下有一座大城
有出息的人
收音机里讲话的人住在那里
当晚做了梦
恍惚进了城
僵硬的面孔毫无血色
一双双警惕的眼睛像冬夜
　　上空悬着的
　　镰刀
光脚乱跑怎么也不能出城

突然间梦醒
驴喊狗唱
那么多红妆女相
皆比不上邻家小珍那副刁模样
父亲的棍棒，母亲的抚摸
三间破屋酿出的生烟将我呛进城

　当晚又做了一梦

我被葬入高高的土岗

清晨钻出脑袋瞭望

不远的村落被一座座

鳞次栉比的高楼

淹没

故乡只剩了名字

返程攥上一把土

传说土中千年的鱼子不死

我就是故乡放生的一尾鱼

游多远

长多长

月圆之夜

乘着月光也要游向那高高的土岗

13 放生

2021
11
5

阿拉善左旗玛瑙市场
搜寻一块奇石

一对老夫妇
与我的一见钟情

两支不再笔直的蜡烛
老妪含蓄的平静水落石出

晚风中飘摇在蹩脚的小铺
正晚炊的老翁

不顾左右商家的热情
倚锅的一块石头

踱步店中
令我伸出手

眼前

耸起一座五行的山

山下压的不是孙行者

虎豹豺狼

魑魅魍魉

一群群

挣扎的绝望

三晚入梦求救声

鸟市

直奔鸟市

买下 99 只盗捕的小鸟

阳光见证

含泪虔诚

打开牢门

当初我就是绑缚的一只

七天七夜里

月亮为我流泪

手术聚光灯因我哽咽

一片五彩云朵

远走高飞

大明咒

是我护航目送的深情

低眉打量怀间的石头

众生虽然依旧

凝固在其中

石头已变轻

魂魄属于了风

同伴儿笑我神经

这玛瑙石丁点儿像形

没有回声

古今中外

人前背后

谁没点儿形象

历史拿着票

因果来对号

14 兵工厂

2021

9

27

母亲，对不起

我是您给我留下的唯一的财产

不懂珍惜

50 年建了一座“兵工厂”

这边生产贪

那边生产爱

贪进来

爱出去

您天才的伟大让我逞强扩张

某天，突然炸响

侥幸

我躺在血流成河的岸上

顺流而下

我却看到

两岸秀美如画的风光

我没有倒下

我从惊醒中又生出两双翅膀

母亲在天上

把我重新打量

阳光下

我面若莲花

闭目享受劫后的时光

15 金秋

2021

9

28

2020 年 4 月 14 号

　　老天爷酒后

夸赞痛苦“14 号”

这个品种好呵

　　笃信老天爷

就在这天晌午

把全部痛苦

　　种在身前身后

头上心中

　　整日血泪浇灌

亲朋好友精心耕耘

一年里时刻察看

痛苦长势喜人

　　无边无尽

绝非转基因

秋天

田野的秋禾

背着农人回家

　　有人

却在回家的路上疯狂

血本无归

难耐的痛苦莫非是假种子

夜深人静

　　私下打起小鼓

细算成本与收成

人前人后的各种可能

用力掐下脸

　　真疼

喝一盅

　　等

　　等痛苦里长出果实

管它是白是红

必须得用大笑庆丰

16 牵牛花

2021
9
28

清晨，寻狗吠

狗领上我

假山旁吓醒的牵牛花

穿着淡紫色的裙子

在风中瑟瑟发抖

无语天涯

无迹可寻她的来路

是寻亲还是沦落

也许只为贞守最初的承诺出逃

狂吠的狗儿似乎知道点什么

寻了又寻没有兄弟姐妹

没有家

仅她一朵

花枝招展的月季芍药凑过来

问这问那

含笑未答

牵牛花呀牵牛花

把你的家牵来

抑或趁我睡着时把我牵走

顺便带上那只叫半仙儿的狗吧

17 姐，有空梦中一叙

2021
10
1
艳阳下

姐，坐着轮椅在村口
坐得月亮抬不起眼皮
天天想着我老弟
要不电话里听一句
夜夜执迷

一个月里全村的嘴
全村的牛马农机也没能拽回你
“我老兄弟肯定出了事”
肺癌晚期你心中梦呓

姐，现在向你解密
那个月里
ICU 中死神抱着账簿核对我的
　　善恶
你几十年的表率与教诲
令死神收起了账册

风驰电掣
没进大门
高呼

姐，我从四川
出差回来了

你笑呵呵坐起来

摸摸我的脑壳

“瘦了，疲了

快杀鸡给他老舅熬汤喝”

穿着多厚的铠甲

再多说一字就击破

云淡风轻地别过

却永远躲不过那场滂沱

清晨，告诉保姆张阿姨梦见你

　　年轻地走了

到现在我没掉眼泪一颗

你说还会年轻地回

前几天我没穿铠甲

没拿手帕回到你的村落

走进你居住的屋舍

你的温暖一下子抱住我

幸福立刻充满心窝

庭院上空白云朵朵

你在哪朵里猫着

也许你正在和你的小姐妹们

　　捉迷藏做游戏

姐，我已健步如昨

有空梦中一叙

老弟当面还你

欠你的那场暴雨

18 陈酿

2021
10
3

翻滚的浓浓的夜色
一万年的陈酿
今夜
我就是从中坠落的一滴等候

你就是那只
穿越千年的琉璃盏
五十载焦灼的目光
无数次遥望
思念抽空的沙漠
成群的秃鹫高高盘旋
结盟的江洋大盗
投机地流浪
狠狠盯着
中途坍塌的呼唤
初念将逝的朝圣者
排演即将到来的盛宴

妄想
抬眼刺伤它们的目光
饮鸩止渴的瞬间有天堂
那是投机家散布的谣言

还有什么难舍

星星躲入云层悄悄问我

当然有

斟满记忆深处的笑

敬谢那位让我们相遇

守诺的孟婆

盛邀山林中

无家可归的魑魅魍魉

同是没娘的孩子

它们曾经 打了我多少回暗杠

谁不犯错

来

来

来

一起喝光飘香的过往

19 刮骨疗毒

2021
10
4

夜幕围上来
战争偃旗息鼓
来报华佗已死
顺手拿起随军的书
雨，逼迫受伤的人交权
喝退左右，书中抽出早已藏下的
刀
忽明忽暗的灯烛

怎挡刀的前路
大音希声唯自己听清
刀与骨的厮杀声
野花失色
闭上眼睛
额头奔淌的汗水那是破碎的山河
横刀立马战袍猎猎
几片破瓦岂能映出日月

今夜行军倥偬，酒缺

豪饮 50 年酿出的血

利刃制服造反的毒

烛阑

掩卷

雨歇

天微明

撕下战袍一角

轻咳一声踱出帐

三军 听好 埋灶

饭饱刀出鞘

直捣伤我者老巢

如花的节日

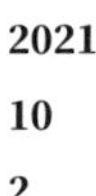

2021
10
2

在这如花的节日
我有年轻的诗

藏着盛开的心事
也羡安乐窝

故园未远却荒芜
小家大门锁

夜夜笙歌
孤萍漂远意

喝干的只是上苍标配的河
天地未曾欺

撒下的种子
蹉跎俏随影

参天成乔木
回首备暮歌

他有凌云志
十指铁鞋破

岁
月
如

咧嘴笑我痴

痴人痴痴等

名利如风过

如花的节日

如花的人

如花的心事

随缘知

下午扛着年轻的诗

在 11 路站点等候

那个叫岁月的先生

他刚刚走失

21 小人颂歌

2021
10
27

小人没有头衔职称级别
小人外貌谦逊
小人吃人肉长大
比人会说会笑
把人的骨头堆成篝火
喝着人血窃喜
邀四方乌鸦来朝

人血是烈酒
小人醉了
小人太幸运金榜题名洞房花烛
万户侯
青史留芳
小人的马蹄真疾半天看遍洛阳花

老天爷老了
溜达过来，拍拍小人的肩膀

小人
大笑
向乌鸦大啸
老天爷都夸我了
他们都错了
乌鸦吓得一片片跪下来

山呼

小人

万岁

万万岁

小人摆摆手骂道 混蛋

叫万岁的都死了

乌鸦附和：小人除外

小人环顾却看不到自己

自言自语，他妈的哪有小人

小人

伟哉

壮哉

22 落叶

2021
11
7

少年拾落叶柴烧

映红母亲的笑

青年选落叶做成书签

在一本书中

它是文字的驿站

在书的海洋它就是扬起的帆

中年的落叶是无法改变的图

晚年捧着的落叶是一面

落满灰尘的镜子

镜里的自己

仰天大笑

这片落叶飘向母亲做饭的大灶

大雪

2021
11
7

时间长在天上

只有神能够采集

时间是良药是一切

我是俗人是神养的宠物

肌肉发达

几百万年了自信大脑也发达

生生无敌丢了规矩

神把时间捣得细碎洒了一夜

清晨继续

大地蒙上了无伤疤

应是一片如初的宁静

同类以各种理由离去

窗外的雪越下越急

偌大的房间我一下紧紧抱住自己

也好古琴茗茶沉香

书架上站着的都是我同类留下的

瞌睡

叫醒谁赏雪都不合适

那就独享这天赐的美味

一只鸟在飞

自由地飞

推开窗， 我这里有面包

你有翅膀

它继续飞

我继续赏

天地已是我刚刚开始的模样

24 今夜无人缺席

2021
10
6

爹娘是在庄稼快丰收的时候
　　往西去的
抱着个简单的小盒子
应该不是又去借粮食吧

大姐的脾气仍是那么急
找了去
我行小，只能在夜深人静
动用回忆的卫星一次次标出
　　他们的方位

我和等着他们的兄妹四个经常
　　小聚
今天该我家献厨艺
狗儿今儿起得早，换新衣门口
　　迎礼
霜降上菜的那桌刚开席
热情的叶子就把夕阳灌多
夕阳借口找人
溜走
路灯年轻清醒
把哥儿几个送进客厅
长幼落座有序
开成一朵花

花儿争先从风雨说起

一块儿在老家赶过的集

母亲笑容里淘的气

父亲的风雷下学的手艺

一杯酒，又一杯酒

交融在一个胃里

笑声决堤

泪水是酿出的蜜

一家人紧紧黏在一起

与大姐满满碰一杯

这杯爹娘不算

一天

一地

正乐呵看着呢

25 守身如玉

2021

11

1

子夜进家

狗很热情雪花正多情

脚从昨天迈入今日还没解冻

哆嗦着钻进被窝

被子的脾气霜打了蔫儿冷

它们不停地自诩绫罗绸缎

包裹的是酮体

岂能乞讨热能

现在包裹的是条富含乳汁的僵虫

变本加厉扇风

窗外狗吠似乎有贼

手机的功能是手指一动可以报警

也可以让蒲松龄老先生穿越时空

快递

一位妙龄

狗儿啊狗儿

和田玉

没有磁性

英俊的狗儿有时没好气向主人

索要异性

盯着的眼睛很凶很凶

26 有一条大河叫沉默

2021
11
1

泅渡十八个月我上了岸

你仍在扑腾

你背着两块金砖我赤手空拳

你咬金子充饥我啃树皮养生

你姓了我的姓也算侵权

你呼唤金砖它不答应你哭了

它不会为你擦干

你跌倒金砖会硌疼你我在你身下

你可安眠

今天相见都在对岸

一条沉默的大河好宽好宽

你点上一支烟那是圆圈

我点上一支烟那是炊烟

匹夫

2021
11
1

项羽是在太阳背后

抹的脖子向东与否

他没弄清

无颜江东还是江东无颜

仅一传十就传到

杜撰先生那里

项羽体格好啊

喷出的血

喷了夕阳一脸

杜撰先生说叫气贯长虹

韩信看了看

指着那道彩虹

对刘邦说

楚王抹脖子方向整反了

那条栈道

之前

是匹夫们修的道具

楚王要脸

刘邦切了块

乌骓马肉

递给韩信

司马迁接过来

送到嘴里

香！挺有嚼头

乌骓马从司马迁的嘴里

飞奔而出

一直跑到今天

上边骑着两个匹夫

今天最幸运

2021
11
1

让死神扔在半道的人，走出家门

背手掐着一把晚霞

狗儿叼着一枚落叶

那是站直的躯干上飘落的心

偶遇邻居对门

嘴上都开着温暖的春花

柴米油盐大葱涨价

霜降秋分

我的久违是上好的画布

他们何时成了油画家

在我的背影纷纷签名

炼狱里滚沸的金水

只有站起才能镀上金身

岁
月
如

路旁一朵盛开的小花

向我说了悄悄的话

我蹲下来

她的颜色比我还高大

目光幸福地抱了抱她

良久

松开手里的晚霞

移步她的左边，右边

微风中

她正在挑选婚纱

29 躺床上的手机

2021
11
1

手机躺床上
有枕头忘枕了

手机很难入梦
进入梦乡
四处打工
不停地拜访

现在的梦很贵很贵
比金价还高

手机不担心太平洋涨潮

中国的水面无限地平静
哪里都能映出倒影
人是人面鬼是鬼形

手机馋，睡不好
担心猪闹情绪
罢工

一个宿舍的那个人半夜荷着锄头
他爷爷给他撇下的一只破笔
在稿纸的田野上来回忙
他说给他丈母娘种大葱

间隙也种点诗

总说他的诗有一天贩卖到京城

松茸虫草下山

就不种葱了

他经常靠在诗仙和杜工部栽的

　　树下纳凉

骂李白净喝好酒

他只能喝江小白

那时李白的稿费多高啊

现在他快搞废了

叮咚，不是快递员

是银行的账单

30 肩膀

2021
11
8

领着小我五岁的您的女儿
背我去入学
蹚着小河
您的歌声唱绿山岗唱飞您给我
　　画的梦
清香的肩膀是我见过的最美的
　　学堂

记不得您出嫁的光景
您是兄弟妹妹们期待的月亮
有您在可以任意放飞快乐的翅膀
您的肩是爹娘单独放眼泪的地方
每次临别您把积攒的阳光塞到
　　母亲的手上
纤弱的肩摇碎满地星光
单薄的身影逆流而上
流向那个没有电灯的村庄

您把兄弟妹妹们扛进城里
您却站在家乡的山岗上站成
　　坚实的守望
父母一一走后您的肩膀就是巢
笑声就是喂我们的粮

我是您最弱最细最长的神经

我的肩头我的行囊

您贮存过多少回热量

凭着它们我无数次战胜

　　寒夜

就在去年腊月

您放下扛了六十四年的

　　冬天

留下一朵祥云走了

而我的目光都没能摸摸您的面庞

安抚一下您的肩膀

从此

您落成一朵雪

我

得

用

永

远

来

扛

31 长河落日

2021
11
3

小学课本的书沿儿上
一站多少年
终于俯冲，俯冲，一路俯冲
落在胡天汉塞

讲究保养的王维老成一粒沙
迎风立于城头
与落日一起
迎接他的同行
我激动得一把
将那条奔淌的长河
塞进心胸
大喊
胡杨一千年不死
死后一千年不倒
倒下一千年不朽
落日暖微微地握握手
拽上风
拽上王维
不知所踪

落日是王维的托儿
还是
王维成了落日的道具

名是利的托儿

利是谁的道具

沙是我的托儿

我是沙的道具

他俩何时藏起孤烟

只好就近去黑水城

一片市井声

住满西夏人

西夏人野蛮

冷兵器的发型

寒光咄咄

趁人不注意

把那条长河

还给王维

他有用

立起来，“大漠孤烟直”

把它放平，“长河落日圆”

32

西夏王陵

2021

11

3

水滴状的墓冢

那是西夏人的眼泪垂落在大漠

　　坦荡的胸膛

一节节水做的柔肠

几百年难眠的悲伤让纯洁的水

　　恋恋不舍的水

返回她出嫁的地方

她是被文明迎娶的

她是被悲壮送走的

蓝天是她的故园云朵是她思念的

　　炊烟

她的子孙解剖了她的往事

今天我们在她的往事里抚摸她的

　　呻吟

她的文字是她横亘的沉默

文字不武装上牙齿就不能咬断
　　贪吃的舌
邻居家的那个俄国人还是偷走了
　　你璀璨的泪痕
在他家的博物馆供奉他家的光荣
今天，你的同胞你的儿郎你的
　　脉搏
他们的血已早不是你当年任人

　　随便跋涉的沙漠
更加文明的观光车
载着五彩缤纷的笑声

那是给你献上的花环

33 屋檐下的往事

2021
11
9

时间围过来把往事风干

融化，断裂，告别

目送它们挣扎着走上大道

汇入溪流

微笑的目光开始就在同行的路

有什么可抱怨有什么不满足

如果河水可以倒流光阴可以

　　反方向生长

那么生命还有何意义

痛苦才是快乐的奠基

脸是应该开成花朵的

双唇应是期待的馥郁

爱是用来搀扶的

往往却在这个字中受了伤

只有神能够摆布好光芒

凡夫可以试可以想

寸断的肝肠仍是肝肠

所有过往

再回首时已成为祭奠和仰望

此时，我就是悬挂在天地间的

　　一节旧事

时刻听从无常的新的主张

各式各样的结局

都是不期而遇

都是一朵花一次怒放

一次惊艳之旅

34 子夜的雪

2021
11
10

雪
你先睡吧
写完这首诗我也躺下，诗不睡
他为我们放哨站岗

只要诗醒着良知就醒着

不要太阳一来就跟它回去

大病初愈我需要你
我每天把自己种在家
必须借助你的力量顶破屋顶
春天时我就天天张开嘴
接食燕子从南方给我配的药丸
明天你可以到泥土深处走走
参加种子的集体婚礼
沙漠你也可以多住几天

教教沙子这个哑巴说话

别让他只会傻抱你

其实我这里乱了秩序

求你换上冰装以女兵的威仪

去学校去医院去机场执勤

逮捕那个叫病毒的疯子

雪

你好好休息

35 出走

2021
11
15

各种投缘的树叶花朵
际遇同台有声与无声的生命
成群结队兴高采烈的远行者
我随缘拼一个小旅游团效仿远行

还会回来暂叫出走
登机时瞥一眼城里的景观
再巧再能夺不过天工
它们僵硬地羡慕在那里
起飞遨游
庆幸
一条鱼一群鱼在云层在等同的
　　时间
里穿行

戈壁上休息拍照停留
一块块裸露孤独无语的怪石
岁月风沙沧海嚼碎的骨头
它们和我都是从起点来
终点又在何处
随手拿起一块随手抛出
它在空中飞
高飞
一万年前

我的目光就是它自由的翅膀
我的心就是它振翅的方向
熊熊燃烧的血就是此时它沉默的颜色
我能出走
它比我走得更深更高
它御风腾云驾雾
它举蓝天白云献上哈达略表重逢

不听雄鹰犀利的劝阻捡回那块石头
同车的人笑我
有什么可笑的
都是一群出走的化石

宾馆的灯下
五十年的石头
问一百万年的前辈

我这个年纪
你在干啥
何处安的家都经历了啥

同舍的同伴放个屁
有生以来最完美的回答

36 打碗花

2021

11

15

有一种小花儿偶尔在记忆的角落

　　摇曳

小时候小伙伴儿们在故乡的田野

　　玩耍

晚炊前怕挨说采一把回家献给

　　妈妈

要好的伙伴儿悄悄提醒快扔掉

那叫打碗花——妨家

打碎家中的碗

啥时候的碗都金贵

几十年里经常去田野乡下遇见

　　无数的小花

却不敢认定直呼其名

回到故乡就是回到童年

亲切轻松

从童年回到城里有点儿头重脚轻

那个要好的不让拿打碗花的

　　小伙伴儿

她一不留神把经营几十年的碗

　　打碎

满地的汗水心血无比鲜艳

野花烂漫看不到边

星星失眠我一旁值班

风口浪尖之上悬崖峭壁之上

一柄宝剑正在琴弦上磨砺行走

小心走过去

牵住她的手

云朵系牢线

唯恐打碎后半生吃饭的碗

岁月无常迟早失手打碎每个碗每个人

它们可以失手

彼此此时绝不能下手放手

我捧着你你端着我

你的碗里是用太阳煎的荷包蛋

我的碗里是用月亮煮的汤圆

这是天下最好看最金贵的碗

这两朵小花在冬日在角落

昂头

竞艳

37 审判金子

2021
11
16

现在开庭

带被告：金子

金子你知罪吗

文明以来

多少国家民族爱情亲情友情

因你而战而亡而出卖背叛

你是纯度极高的帮凶

金子你开始陈述

我

本来自泥沙

来自深山

与你们人类相安无事

我有过安稳的日子安稳的家

是你们人类闯入我的世界

强行把我和我的家人带走

把我们带到肮脏的地方

像奴隶一样

贩卖交易

甚至当作武器群殴厮杀

我表里如一从不做假

不像你们人类

石头的心

抹蜜的嘴

穿着五颜六色的衣

编订五花八门的

就是不适应自己的法律

我敢说一万年后我仍是我

你们人类说这样的话

心虚

将你们的图腾你们的佛

拿我们铸造

我不会说话更不会施法

阳光照耀所有的心所有的汗水

折射万丈的光芒

何必借口穿别人的衣裳

入地狱正是我所想

发配流放

正好回我的故乡

尊敬的法官大人

现在没人

你可千万别吞金而亡

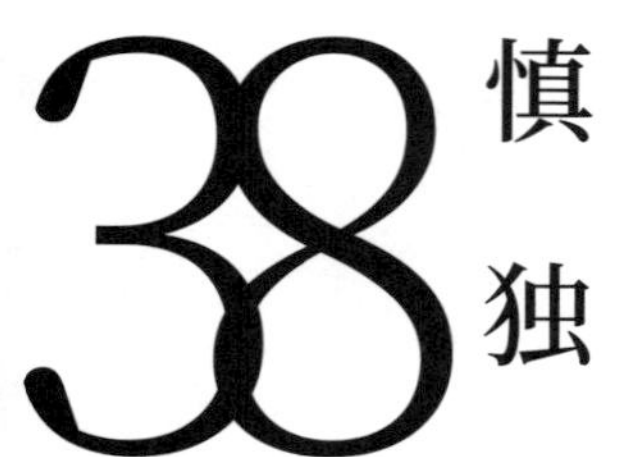

慎独

2021
11
16
凌晨二时

风

提着月亮例行公事，巡更

贼，该发生发生

看家护院的狗随意买通

隔一条马路的酒绿灯红摇头丸

代替过时的月朦胧鸟朦胧

那个叫白昼的

在立冬是金领待遇

打完卡，退潮

夜色悄然无息摸上来

游说欲望出逃

主人的信用卡有百万大钞

墙角十年没理发的柳树直勾勾

盯着

对面灯光下有家无伴儿的那个

书生

焚香沐浴

真的潜心读书修行

还是道貌岸然装作苦行的僧

书生的书房夸张的奢华人见人夸

夺目的焰花

销魂的幸福

与穿过的黑暗

与付出的疼痛等价

能量守恒

守恒能量

菩萨敬奉

幽灵绕行

今夜过后补偿给黎明

书生不要补偿

独享习惯

这份宁静

书生是宁静的心

宁静是书生的小书童

39 没有和尚的寺庙

2021
11
17

满地狼藉无人扫
信男信女许下的愿
往日晨钟暮鼓打湿了南湖薄雾
那是那年芳华的那个女子未干的
　　手帕
干枯的荷叶秋风中凭着回忆虚度
　　年华
藏经阁有阁无经

起起落落的喜鹊乌鸦总也不能
　　成诵
风枉然地敲钟

几年前拄着喜马拉雅山的禅杖
与我谈无畏布施的尼泊尔高僧
十九个月一劫我已无畏
他的不在让我有点冷

跑了和尚跑不了庙

我已无处可逃

是沧桑剃度了我

还是我剃度了沧桑

那个高僧想不开

走到哪里你都是寺庙

坐在哪里你都是和尚

回首那空空的寺庙

空空的佛祖

都是个皮囊

有点饿脚步急起来

敲起大地这个

小磬

乐器

2021
11
17

如果把我吸过的烟

用黑科技改作琴弦

做成乐器

足够组一个

乐团

全世界巡演

黑科技可以做到

我做不到

万一

把我的悠悠往事弹奏出来

烟鬼全部溃逃

刑法会为此加一条

唆使月亮上吊

星星离婚

41 重逢的星辰

2021
11
18
三亚海湾

涛声携手子夜

掩护成群的星星陆续跳海

同时叫醒酣睡海底的珍珠奇宝

海风挥手依依告别

它们三三两两地上岸

散落乡村

占领城市的最高点

最迷人最精彩的部分

沉沉睡去的疲惫不堪的城市

明朝醒来又将活力四射缤纷天堂

夜以继日

夜幕降临

一座座城市越发灿若星河

那是上岸的星辰换的岗

睡不着一一和够着的星辰握握手

其中一颗用力拍了拍我的肩膀说

知道你从前曾是星辰

原谅你和你们

不过是迷途的欲望

迷途的欲望走向大海

盛开的牡丹

2021
11
18

黑黑的夜突然开成黑黑的牡丹
花香黑得毫无蛛丝马迹

最最艳丽的融化一切的黑
暗恋不敢走漏丁点儿消息

静止一切的黑
躺在无边无际无比端庄

叫停所有的音符与动词的黑
无比华贵的黑黑的花海

悬浮的尘埃再悬浮
一只采蜜五十年的小蜜蜂

呼吸必须按原路呼吸
却如何也找不到回家的路

还是根本没有家

此时此刻躺在哪里

这黑黑的牡丹盛开的牡丹

她的根在哪里

哦

当局者迷

她的根和我连在一起

在亲爹亲妈早给我安的三十六度

五的小家中

正在舔舐

黑黑的蜜

43 别墅

2021

11

19

六百平方米的别墅设计没有错误

装修一次两回失误

披着一层又一层的薄雾

寒风中

反思早已深埋土中的双足

儿时学步

到现在五十载走路只差了一步

落叶听从地心传统的指引

和小河在秋季隆重地结了婚

冰面下好奇的鱼群是他们按照

　　传统养育的子孙

有的叶子仍桀骜地立在枝头

一次次拒绝喜鹊上门提的亲

至今仍是独身

别墅之所以有“别”这个字

就注定与众不同

可笑的是孤零零的别墅经常成为

　　拍婚纱照的背景

别墅也曾羡慕心动

入冬有日心已结一层薄冰

也许有一天入住这里的主人

就是从枝头翩然而至的

极为熟悉极为惊讶

又极为亲切的落叶

那是阳光与蹉跎的重逢

蹉跎与阳光的击掌之庆

冬天

北方的冬天

别墅经常赤膊与冰雪掰手腕

有时用力出声

更多的时间一声不吭

太阳看热闹时

它周身热气腾腾露出钢筋水泥的

肌肉

太阳看的时间短于夏天

其实它寒了胆

44 谦虚谨慎睡觉

2021
11
29
三亚海棠湾

阵阵扑鼻的腥味儿
海风伸出的钓竿
钓我这条刚由候鸟演化而来的
　　鱼
楼下不知疲倦的涛声
不舍昼夜
还是昼夜幻作了它
我就是再活一万零一年
也无处可逃
这烦人的涛声
可爱的涛声对我的
对我爱的人的，爱我的人的眷恋

我决定趁青春年少起个大早
揣上一把剪刀
把大海不合身的长袍
　　剪短点儿
好好睡个安稳的觉
给大海的解释是把多余的
　　欲望去掉
最好
我好
黄昏时分不顾跛脚丈量海岸
盘算从哪里下刀

礼佛参禅背后人前

此时此刻

　　清点欲望

昨夜清点一遍

对大海都敢

　　动刀

独面自己难以

　　下手

理由岂能

　　脱口

谦虚谨慎地睡觉

唯恐不听管教的鱼咬了海风的

　　饵儿

我们是光阴的

　　钓客

还是光阴撒下的

　　饵儿

45 大海呀

2021
11
29

三亚海棠湾凌晨

我坐下来
你平静平静
是时间
把我们塑造得如此独特
过去是确定的，未来不确定

大海呀
时间是昂贵的日用品
从你卷起千堆雪的角落我就识破
你和我一样在上岸下凡
我有出厂日期保质期模糊不清
不过百年美好
你也不会说人话
会说你也不会泄露你青春的
　　秘密
爱说不说
高僧须知走方为高僧
凡人恋凡方
　　沦为凡人
我知道晨钟是谁铸的
你肯定不知暮鼓由何人来蒙

大海，对不起
昨天我痴人说梦

用一把王麻子剪刀想打开光阴

　　给戴的紧箍咒

请理解我的无知的淳朴可笑的

　　热情

彼此都是有缘有情

我贱过

　　荣过

　　珍惜过

　　挥霍过

　　会过

　　悔过

大海

咱哥俩尚在保质期

日用品随便用

你给哥们儿整点儿好听的

中不

46 祭祀

2022
1
24

七百天

病魔你没要够吗

七天后

我将拿出祖传的礼仪

春节

雪花在昨夜开始清扫道路

我知道你已躲在雪花之后

笑容之后

沐浴更衣已毕

我是个修行者

不会用你的项上之头设祭

你走吧

佛龛之门跪罢

极目蓝天

这偌大的花朵

正盛开

盛开

夫妻

2022
1
23

这里是七楼

顶层

楼上住着的阳光

腊月的清晨她在挨个敲门

我佯称腿有残疾

阳光却敲个不停

我笑笑

穿衣洁面梳洗

出门

阳光挽着我

拾级而下

她像刚过门的小媳妇

热烈望着我的眼睛

继续拾级而下

蜜月里的老夫妻

走向早市

融入人间烟火

远处

油条豆浆这小两口

热气腾腾迎着

我和阳光一瘸一拐地走来

独身

2022
1
24

爱情
你这长不大的小妮子
派出一场又一场雪花
前来说媒
我不会轻易以身相许

年少时信手摘的花结的果
远去天涯
错过的那朵开在昨天
我在今天只是随意遥望
请你不要打扰我

我比雪花容易融化

因为我比雪花年龄小

身板却比雪花挺拔

农历八月十六的早晨

2021

8

16

天空遥远湛蓝

放长假

自己和我睡得皆好

昨夜谁设的祭坛

噢

今日是苍天为我的心儿

在这整洁的广场加冕

仪式前双手合十有愿

故乡田野上

金色的柴火

你的名字

我们曾经际遇的目光

我们尚未枯萎的青丝一起扎成

　　火把

用伤疤与伤疤擦出的火花点燃它

星辰烧红

昨夜烧塌

灰烬深埋地下

开春儿茁壮新绿

精心剪一条微笑的小径

把你的芳足迎入我的小家

布施

2022
1
24

一夜的雪

天地不仁

收走全部的热量

披上圣洁的伪装

狗儿呼着热气

伸伸懒腰

温水热奶狗粮

温情的主人

玉兰树柳树之上

三只喜鹊

两大一小

一家人起得真早

扫出一片净土

放下三把狗粮

聪明的狗狗

露出天性的目光

赶它回犬舍

焚香般若

皆炫布施心

雪花奈如何

清风可来过

51 手术中

2022
1
24

我听到魔鬼窃窃的　　声音

私语　　我听到雨点整装出发的

我听到你的心跳走远的　　声响

声响　　我听到姻缘挂钩的

我听到你挥手的　　声响

我听到母亲把心跳递给婴儿的

声响

上善真的若水

浓缩的此时此刻

您就把我这滴

水

还给沧海的

心吧

探亲

2022
1
24

隐瞒两年

黄昏的余晖中

终于找到

姐

你的家好难找

好新啊

墓碑刻着清晰的

门牌号码

那是你的名字

五百米之外

村落炊烟鸡鸣人喧

我们赤脚踩着麦苗回家吧

你也可以像小时候装作鬼

拦住我的路

这回我会一把将你攥住

无论如何尖叫

再也不会让你

挣脱我的温度

告别

2022
1
26

寒夜子时的好心的星光

俯身枕畔

为我专场回放曾经的尘埃形成的

影像

一袭红装一脸早霞

比春天纯洁的目光

在 64 中学的操场上

阿拉丁飞毯般的作文卷上

你真优美

我们的汗水终未能酿出阵雨

和彩虹

四季之后从象牙塔顶振臂各自

还俗

多年的多年

皈依剃度了假如

12 光年的海峡泗渡泗渡

闪烁的灯塔

口中来口中去的 UFO

不是我们平行的速度

趁着还会呼唤母亲

因为她可以腾出眼神供儿女喘息

私心久了增加体重

我决定继续泅渡

无酒可以告别

那就把月亮摔碎吧

你拿一片

我拿一片

500 年后的今夜今时

也许有人会把它们抛向天幕

不知这片孤独

如何拥抱那一片

54 亲爱的

2022

1

26

农药化肥贪婪

山寨里正左手执笔

联手改良土地

右手紧握计算器

假种子

春天谁不想播种

转基因

亲爱的你知道

上了山的天使

我爱吃老玉米

岁月如

万一长出红豆

你在南国

我却捧不出相思

55 高烧里的火焰

2022

1

24

假如不能给你

蓊郁的山林

宁可枯萎熄灭

也不愿做你生命中

昙花那样美丽的叹息

我看到两朵小火苗

在海边在你的手心里雀跃

我看到我的泪水

在暮霭中疾走

找寻

即将风干的家园

我看到

那个女子的笑脸

在身后

灿若朝霞

推我前行前行

举高的身影如烛

在开路开路

56 跌跤

2022
1
27

腊月廿五的中午

艳阳正如病愈的生命

残雪成的冰一下将我揽入它的
　　怀抱

保安和路人甲乙丙丁的热情几乎
　　把冰融化

仰面朝天

顺便给老天爷请个安

只是磕头的方向

磕反

走两步走两步

今年少收不了压岁钱

因为我提前几天

开始练习

给老丈母娘拜年

身后的笑声

久违的春风

如期掀起波澜

57 晚冬里的蓓蕾

2022
1
28

落日

明早出嫁

羞涩安静地试着红盖头

玉兰树拼尽一年的力气

迫不及待举荐她家的宝贝

这些毛茸茸的蓓蕾

成群成群的童男童女

站在枝头憋足劲挤进

喜庆的行列

积雪忙碌一冬

花白的胡须成为典型的大叔

板着面孔干剧务

蓓蕾们争先恐后

踮脚一直望着

即将从东来的娶亲的队伍

树下

岁月如

遥忆曾做蓓蕾的时光

参加婚礼却从未成为新郎

独自立于小院中央

生命的中央

是踯躅还是丈量

是蓓蕾还是鲜花

既然没有盛开的方向

沉默何尝不是绽放

也许冬眠的蜜蜂早已酝酿好

起飞的翅膀

我有微笑何必慌张

世俗的阳光

2022

1

28

还有四天春节

阳光开始

给昂头挺胸者拜年

纵使残雪匍匐在地

阳光工作时间执法威严

落叶拉拢毫无主见的微风

想重回故园

吃力的麦苗

已把巨石和冬天

举过头顶

阳光专注地为麦苗写整篇整篇的

推荐函

寄往夏天

狗儿在田间撒欢

好像学习经验

我步履蹒跚跟在后面

一眼鼠洞虚掩黑暗的门

阳光会准时下班

难道它们不怕错过春天

忽前忽后的狗狗

哪管主人的蹒跚

背着阳光似乎在一一指认

漫长的冬季里

谁曾丧失

阳光留下的信念

我赶紧亮出残疾的左腿

向阳光献上笑脸

阳光依旧不苟言笑

晚下了会儿班

走路真好

工作真好

用力睁大双眼

把世界装满

回家吃饭

你们等着等着

脱下棉裤那一天

除夕啊除夕

2022
1
29
6点

自从有你
世间便多了一份调料
巧手可以烹饪出
一桌桌丰盛可口的美味与大笑
有的学徒再努力
把一生上好的食材
一次次浪费
只能一个人
在角落慢慢咀嚼
细细回味
外人看不懂的杰作
他总是抱怨老天爷

给他分配的厨房
灶具不好

还好
调料
也可以是良药
这都是熟中生出的巧
起伏的鞭炮
何尝不是扔向沸水中的水饺
会品尝美味的
不仅仅是嘴
木讷的耳朵

也会流口水

万家灯火
簇新簇新的春光
花蕊中溢出的郁香
那是对眼睛对鼻子的
补偿
今夜的双手
应该不停地击掌
应该把手帕叠好封箱
给风尘仆仆归来的往事
洗个澡
找身干净衣服
所有的感觉
懒作一团泥
静待春天来拜年

春天没醒来
我们
只要有口气
她不来
就去敲
用力去敲
她家的门

乡居过年

2022
2
2

看春晚
盼冬奥
睡个回笼觉
外边有点吵
原来是
成群结队的阳光
放学
幼儿园的孩子

等待家长接
勾起的童心
挤进他们中间
丢手绢
还是编花篮

真是老了
也许是这群孩子太年少

老嫂子在厨房一直勤劳

把鱼肉的香味轰出来

我们越发起劲地跳

哥哥一手梯子

一手春联

抿嘴不语

何时何人

早把春联贴在

他的脸颊与额头

陈姓的我叉着腰

极目远方

宗祖陈胜在此

惊睹这番盛世

他和他的战友

一定会亲自

造厨

61 大年

2022
1
31

茫茫的雪
莽莽的思念
对峙窗前
汽车不靠谱
双腿
是爹娘赠予的先锋班
只需一个召唤
说干就干

直奔思念的起点
北斗星请勿多情
月亮你不用给我照明
目光是我的坚定
两天两夜
绘好最捷的路径
凭着背影融入
玻璃窗后

那两双浑浊的眼睛

只是爹妈已换作

嫂娘与长兄

热炕盘腿家常

永恒的父母

长不大的童年

一起把回忆包进水饺

未来将憧憬烧开

祖先留下火药鞭炮

新的纪元新的百年

崭新的理念

今夜

我们用祖先传下来的

大笑之声

过大年

2022

2

8

一直奔腾于梦

奔腾于华夏子孙的梦

顶着岁月猎猎的风沙

艰难倔强地前行

这绵延不绝的儿女

滔滔不止的气概飘扬在

地球之上

东方之巅

今天，我来了

身着一身素衣

不只是膜拜

我不能用流出的泪

祭奠你

准备好的呼唤

在你的面前

化作颤抖的哽咽

你张开

热情的气息

紧紧地拥抱我

母亲啊

没错

我是你的儿子

我的脊梁上

至今沸腾着

你给我留下的黄河

我的眼底

有你沉淀下来的柔情

无数次闪念

扯开栏杆

一粒尘埃

纵身一跃

即是活着的永恒

永恒有多远

我的目光与你肌肤的距离

永恒有多远

我的思念回声的距离

永恒有多远

我昂首走完一百年

永恒就在你的不朽里

63 小学母校门前

2022
2
8

“小岳小学”

母校的名字

启蒙五十年后

我们第一次清晰地面对面

时代的变迁

她越来越年轻

岁月的增长

脚步何时失去轻盈

口中已飞不出

银铃般的笑声

凝视寂静的操场

所有脚步是为了得到

扬眉剑出鞘

宝剑回到剑鞘

仍是宝剑

而我无论如何尝试

也未能迈入校门

我怕负重的我无力走出

徘徊五十载之外

欣赏五彩斑斓的童年

放学的队伍

怎么也寻不到

一件打补丁的衣衫

当年饥饿的目光

倒映的是悠然的

白云蓝天

电瓶车汽车

一波又一波

接走校园的喧嚣

无人接我

接我的是

晚霞炊烟

我摸摸母校的匾额

仿佛触了电

我的童年

我的伙伴

挥动着手臂

呼喊着我的名字我的绰号

从中跑出来

砸疼我的身影

64 我开过一次花

2022
2
12

我开过一次花

那是某种能量借我的通道惊艳于世

世俗称为儿女

蝴蝶般翩跹一岁又一年

天伦之乐

既然定义为天

那就应该在天上的人间

生老病死的四季

只是停了再停的站点

日暮的叹息

不过是欢乐的翅膀

扇出的自嘲

小院小屋小小的自己

几度确认

未曾哼过小小的叹息

五十年前我是借父母的通道盛开

或许父母早把他们美好的

美好传给了我

病已痊愈

该离去的已经离去

春天的脚步越来越急

盘算着坐上哪一片落叶去哪里旅行

如今的科技当下的神人

不知不觉里已将

童年记忆中聊斋故事里的荒郊野岭

插满钢筋水泥

千里眼，顺风耳

不值一提

乡村堆成小城的故事

成群成群的人

分割成孤独和往事

我这个胡子渐白

无力又无用的书生

等待有一片落叶

在家门口经停

什么也不带

从家门口出发

随意去旅行

又怕遇上

熟悉的妖精

更怕遇到

叫不上名字的

鬼怪

虽然无债一身轻

其实这也是一件可怕的事情

一朵花有人赏无人摘

那不是花的本意

七九河开

天还没全亮

父亲嘴上的农谚

开始出来溜达

种这，种那

一片希望

“哪里还有种？”

母亲的眼泪搭上话

给老三交完学费

三哥背着书包早走了

父亲一个月没回家

母亲一个月没有出门

不是无门可串

门槛儿太高

我们娘俩爬不上去

那样的年月

不知何时只知何地

被八九里的大雁驮走了

村庄还是那个村庄

农谚依旧准时而归

今天中午用太空锅炖的鸡

晚饭是在太空培育的小米

我正在父亲那个年岁

却犯了难

往前不得不去

往后尚可追忆

悬赏互联网，悬赏

谁可以

给眼泪

铺上

铁轨

也许有一天

有这样的黑科技

这再不是梦呓

黄昏有雪

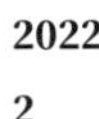

七九已然迈开步伐

我的笔已经启程

可爱的雪啊

你们怎么又来了

是的

我是从天堂

不慎摔倒

跌落凡间的孩子

五十年

我已习惯五十个季节

变幻的风云

已习惯孱弱和困苦的陪伴

现在不需要你们的帮助

施舍找寻

我的双足与牙齿

很早以前

就在泥土中扎了根

我一点不伤感

更不寂寞孤单

刚刚在门口

堆了一个巨大的雪人

用树枝给它做的镜框

石子作了它的眼睛

这副样子正是我的前传

天黑了

给路过的人

走失的人

一点温存

让他知道

这里的生命

是有价值的人

打量我的大作

才发现

我是一个多么富有的乡绅

病痛和单身

是我的摇钱树

光认钱的人不配拥有

今晚我做一大碗炸酱面

雪花儿

与我一样天真的伙伴

外面很冷

我把门打开

和我一起吃吧

落地后你们已完成使命

明早

我们一同赶路

情人节

2022
2
14

情人这扎眼的字眼

公开上市

不过二三十年

像久置满尘的绢花

参加假面舞会执着的

廉价玫瑰

无数个借口赴约

无数个逻辑

把这个节日搅碎

重情的人啊

希望那个最重要的人

和自己一样

永远年轻

每到这一天

精心呵护擦拭

另一只透明的翅膀

至今难忘

这样的天气

也许就有 2 月 14 号

母亲手拿毛巾

在门口等着

给下班回家的父亲

掸落满头满肩的雪

那时的雪

纯度高

估计父亲到死也说不清

情人和妻子的区分

母亲的心底

更是一根筋

他们的眼中

彼此都是唯一的情人

不知是他们傻

还是我们笨

站在路边

问一问子夜

无家可归

满身香水

满身酒气

拿着空酒瓶的

男人女人

重逢玉兰花

2022
4
8

馨柔的花瓣

四月下凡

抚慰

圈养我整整五十载的呼唤吗

满头华发

早已编成篱笆

曾经的过往只能清点和仰望

不愿打扰

你的一袭繁华

留下背影

脊梁上布满结晶的星辰

那是今生今世前行的指路碑

风起时

吹醉所有的红尘

你们一起恣意挥霍长高的青春吧

沿着我一瘸一拐的脚印

你会找到我

最终会找到我

泥土的尽头

有等着我们的渡口

那里有慷慨的日出

后援

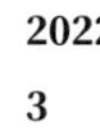

2022

3

30

病毒囚我于小院

小葱，香菜，新韭，炎炎夏季

向天空嫩嫩地怒吼

随时，随手打开水龙头

减轻弱小的压力

那样意义就会减少

苦难方能扎深根

早睡，早起

微笑再微笑

薅住朝霞

岂能让它轻易逃去

太极拳打出是内力

傍晚时分像个老农看看天气

科技几乎让人失传

这门祖传的手艺

果然，细雨成功突破

夜幕的阻拦

儿童般扔掉帽子跑出

放任舌尖贪婪的舔舐

双手叉腰丁字步

小院站定

从容指挥

青菜陆续上桌冲锋

左右邻居门口放点儿

隔墙扔点儿

无论战争与和平

这些都是金贵的枪支弹药

犯我者

困我者

给你一秒钟自圆其说

过生日

2022
5
27

8 岁生日的早晨
母亲抚摸我大大的额头
那时的眼睛一定湛蓝湛蓝
儿的生日娘的苦日
母亲的两滴冰凉
落在我的脸上
娘没有一个鸡蛋给你庆生
饿了吃块白薯

田地里没有长熟的嫩玉米吧
娘！我吃了你的泪蛋蛋了
好咸呵
高高兴兴上学去
欢欢乐乐下学来
母亲像一棵风干的白菜
靠在门框
神秘向我招手

一枚小小的鸟蛋

塞进我的嘴中

却不舍得吃

直到今天没能飞出

母亲满足地微笑

那个稚嫩崭新的早晨

母亲

我就是您孵出来的那只小鸟

却再也回不到您的怀抱

71 永生

2022
3
27

传说的永生

是没有保安

没有上锁的银行

世上哪有

廉价的尊严

免费的阳光

生命一直在私下挤兑有限的光阴

可怜的热能

少女从花蕾走向母亲

汗水从苦涩走向甜蜜

云朵羽化

浮萍弃根

追寻鲜活的梦

如果永生没有方向

便是无盐的汤

何尝不是尘埃眼中的渴望

随风的雨

一路高举梦想的大旗

阔步

阔步

当下即永恒

夏夜里不停起舞的流萤

72 黎明

2022
5
7

穿着睡衣的夜色

浆洗后的纱幔

疲惫地垂下来

悲欢之后离别之后是谁丢下的

残月蛙鸣

故人已远心事未尽

朦胧中越发清晰地归来

昨日夜宴上酒醉打翻的杯盏

那是不小心把日子弄脏的污渍

与昨日一起狰狞地注视着我

也许有不懂的诅咒模糊的祝福

睡意参照去年

浅了些许

与背驼的弯度接近

怎么也不能掩埋

尾随的夜

无力牵手姗姗来迟的晨曦

依偎残缺的夜幕

囫囵抱枕吞下

绿了的江南红透的北国

游丝上的记忆

此时

是不是属于自己的

蹑手蹑脚的黎明

73 渡劫

2022
2
20

书香

仍是书香

拉起警戒线

闲念勿扰

杂音绕行

不参加为残雪举办的壮行

雪有雪的风骨

她用沉默书写的那不是

　　落寞惆怅的眼泪

惊蛰率领它的团队列阵迎迓我

谁在洞窟修行七百天

是我

我就是那个面壁敦煌的飞天

一天一岁一千年

病房是牢笼

身体是牢笼

回忆是牢笼

借闪电

借无数道锋利的闪电

理发剃须

找出伤疤

那里藏着重生的密码

向昨日诀别的悬崖

今天大雨倾盆

雨中我立地顶天

左手加持珠峰

右手摸顶昆仑

一万年以后

天空放晴

一个赤子赤条条蹲在花丛

静待一缕必经的柔情

74 为蛙鸣伴舞

2022

4

18

睡意似蛮铁

蛙鸣挥作敲击的锤

往事如钢夜夜淬火

藏着的锋芒

利成针

轮番灸 365 个日月

年轻的躯体且行且珍惜

那是尽

以尽爹娘的养育

清晨赏朝阳升高

伸手掂阳光重量

丈量茄秧小葱拔节

我不过天地间一株小草

五十载仍需茁壮

痛的亲切

笑的悠长

雷声与呐喊共振

一二滴清泪水

春雨的久违

甘甜透彻绵长

网购新书三套

书案上城墙筑好

慢慢欣赏悠悠陶醉城中的景色

除草施肥

太极茗茶

往前不得急

向后无以退

双耳静坐待擂的鼓

活着就是躲不过的江湖

宁可清醒中燃烧

不在糊涂中枯去

75 晒太阳

2022
3
26

春光无限涨潮
波澜壮阔
不动声色
背靠背沉默
清点丢失的另一面
有些过错一生不能翻转
黑暗在脚下滋生
年复一年
结茧成雷
轰隆隆从脚底从童年
从那个拥挤的渡口
嘈杂的独木桥
无从记得如何登船

母亲趁我打盹儿
披一层层温暖
晾晒每一个角落
娘啊你能否再老点
再慢点
让你的永恒
放过我未成年的梦
雨季尚早
回忆何时能够上岸

阳光深处

总有锅碗瓢盆起得晚

婴儿的啼哭

蓬勃着羡慕

阳光深处

有个国家正血流成河

庆幸所在的国度

庆幸一百年调好的温度

细心抚摸每一寸肌肤

汗毛已参天成树

新燕承诺即将其中筑屋

用力扩胸

双足抓紧泥土

落潮后

黑伙同暗反扑

这块蓄电池充足电

一马当先翅膀的动力源

76 独坐子夜

2022

5

3

独坐子夜

点燃一支烟

不吸不弹

它一路保持着出厂的姿势

脊梁笔直

脚步沉重

很稳很慢

依依不舍

不旁顾不打扰

角落里的蝼蚁应该视它为星辰

调匀呼吸

欣赏

成全

一个世纪以后

开始试探着

点燃我的手指

像炽烈的吻

穿越必经的黑洞

带我一起离开吗

77 青铜器

2022
2
24

以目光

以牙齿

雕刻荒蛮之芒

烧红的汗水

呐喊的汗水

付冬夜于一炬

御云极于赤子

倾永恒共铸

永恒之上

三千年前的一个黎明

一个黄皮肤

黑头发

黑眼睛的王

厉完兵

秣罢马

饮罢太阳之血

捶响大地之鼓

出发

向信念出发

策万马

挥刀光剑影奔腾

蔽日月之无情

决雌雄之野魄

匹江山之雍懿

斩钉截铁的文字

是谁

还能有谁

高举旗帜

卷猎猎雄风

擦亮

一次次擦亮

即将属于

必将属于

青铜的天空

2022
3
22

病魔攻城略地

亡羊补牢提高警惕

时刻疲惫御敌

有外侮就有反抗

横流的物欲燃点低

做人的成本却很高

家园瞬间失火

那个老女人第三次作巫婆

怀疑投胎的安禄山

到处点燃别人的过错

幸亏自己把自己忘记

最后把自己点燃

欣逢太平盛世

养病两年自己的家园却“兵荒马乱”

吞咽

今天日子回归平静的湖面

“烽火”走远

渴望未远

荒弃的来路折作柴

沸冰雪以馏春茗

涤唇齿聊犒斗志

失眠

2022

3

16

专横的黑

沦为帮凶的床与房间

休想囚禁渺小

用力揪住深夜的长发

咬疼风的耳朵

即使坠落

也要砸伤随后的白昼

凛然正对太阳之辉

俯瞰

无边无际的人海

检视起点

检视一路汹涌至今的自己

红尘如潮

航灯如磐

世事难料

谁人能碍我拈花一笑

哪里有什么悲歌可赴

叹息只是廉价的忧郁

——贬值的现钞

伟大的时代

盎然的季节

披衣去了

陶然扮作

夜幕垂下的枝条

踱步五十岁的树梢

荡来荡去

引起待字枝头的

春的注意

梦

2022
5
7

分明是您开门的声音

就像撩开衣襟

给我喂奶

几十年了

贫穷已远

这是您儿子自己的家

您随便走

任意弄出响动

伸耳朵等

怎么也不能看清您的面庞

却不敢喊

母亲您不用急

枕巾这叶小舟

顺着泪水的方向

已经出发

送还您的牵挂

81 美人鱼

2022
2
23
零时

柔软整洁的床
搁浅的沙滩
你这条美人鱼
大海的女儿
泪水的女儿
火的女儿
床头那条泛白的浴巾
岁月漠然的流苏
伤你最深给你欢乐的网
挣脱的旧梦
从昨天游到今日
青春作伴我们去过多少回云朵的
　　家乡
后来才知道
往左一转就是天堂

还是不小心
触碰到闪电
它在无数个风雨交加的夜
在我的脊背动刑分割文身
是你把闪电撅折
至今没有说出
我渔夫的身份
我们相爱的秘密

老了

真的是我们吗

眼泪无力将你浮起

何况我已没有一滴

但是我有血

足够的血

今夜就作你

回归大海的潮汐

从此我们不再相濡以沫

往日涅槃成一朵花

多年以后

那应该是你

一定是你

托起一轮壮丽的磅礴

笑成一朵花

2022

3

18

零时

时光潜伏下来

趁着夜色

趁着月圆花好

从床的两侧

从柴米油盐的夹缝

卷走青春的机密

交给前来接头的风沙

皱纹死心塌地

蹲守额头

趴在眼角

高地上的黑发

已举起白旗

继续聆听

你均匀的呼吸

那是半生来

习惯的馥郁

温柔的唇齿学会优雅采集

不能打扰你天堂的秩序

小心把它酿成蜜

滴入刚出锅的晨光

品尝泥土的记忆

赏时光在四季

在我们的目光里变幻出逃

我笑成一朵花

把自己郑重地

献给过去

黄金屋

2022
7
18

只能在博物馆、古玩店见到的煤
　　油灯点亮了
趴在土炕上翻动刚发到手的
　　一年级小学语文课本浓郁的
　　油墨
春天的花香
你用屋后私下种的玉米扭着小脚
　　换来的书费
每次见到书你眉头舒展
骄傲你在私塾四年里念的书
书中有一条路
路的尽头有黄金屋
屋里有颜如玉
啥是颜如玉
你媳妇啊
我只要娘
母亲，儿子沿着那条路在五十岁
　　来到了黄金屋
只是屋中没有颜如玉
更没有属于自己的笑
进入三伏却很冷
儿子想到村西拾点儿柴让屋子
　　冒起炊烟

母亲我不要这个黄金屋了

你给我的这个身体就是最好的

　　黄金屋

我们回老家吧

你在一旁看

看儿子赤膊干活挥汗

看儿子用自己的眼泪修缮你倒塌

　　多年的夙愿

母亲你还活着

我就是你亲手编织的风铃

在这美好的人间

吹着凉爽的风

84 擒凶

2022
3
26

清晨悦耳的清香
阵阵催促
移步阳台
一群小朋友正在彩排
去年来的柠檬和茉莉
挥动馥郁的丝带秀舞
不让年长的
七里香与石斛的节拍
点赞她们的精彩
留影纪念与众不同的这季春风
大街小巷异常宁静
好像埋下伏兵

没错
空城计城不空
铁拳握其中
病毒瞎眼睛
越狱流窜唐山

这里确有凤凰的端庄美丽
你年少不知道
她的底色
她是一座老牌英雄城
英雄的儿女
正手提渤海

肩扛燕山

铿锵登台亮相

花儿们

瞪大眼睛

高声报幕

燕赵儿女演出剧目

“擒凶”

蝉

2022

4

2

生命是一种惩罚

躁动的文字

褶皱的情感

贬谪上路的星光

深埋的夜里

清楚忆得五百年前

是谁用目光

诱我以翅膀

困我于仓促的漫长

施以万丈鞭刑

拖着沉重的枷锁

也要爬上枝头的悬崖

岁月如

屹立最高处

刺破阳光的手掌

引爆一生的沉默和呐喊

抱着枯黄的秋天

砸疼落叶的叹息

潮汐

2022
10
6
晨

心跳，亿万次的跳动

总想出逃却无处可逃

荒凉，秀美，负氧离子丰沛的

孤岛

欣赏无尽浩渺的潮汐

思念是无数次莫名升起的明月

照耀陪伴依旧的沟渠

低眉抬眼间也曾作过

别人的潮汐

昨夜有不知名的星辰坠落

今朝有独行的露珠上岸

怀揣潮汐

买菜赶集

任过客无助

无常如虎

为命相依

2022
2
23

父母的模样
奶香生暖的笑
别在那个小村庄
斑白的鬓角
院落和院落里的枯草
任由秋日和寒冬抱来抱去
任意演奏
一曲曲忽高忽低的荒凉
这是我的记忆
你从乡下来时
可否有此梦
你刚满月

我年方五十
我们同吃同住
不知不觉随你回到嬉闹的童年
三个月后
我坐轮椅回来
你的陌生依偎在我的双脚
又三个月
我站起身
你却疯狂
不停地跳
不停地叫
跳得比我高

叫声惊散飞鸟

你的泪水为何满眶

在我的周遭

掀起一阵阵风

撕咬裤角

嗔怪我的不辞而别

你不懂

你我都是六道上的轮回

那个午后

黑白无常将掳走

你正熟睡

也许他们给你施了咒

在地狱

没有给我想你的机会

地狱就是地狱

你还小

不知你的最后

有无这个遭遇

这个遭遇并不是结局

可怕的是

尾随结局而来的一切

来自地狱的叹息

永远长不出风和日丽

缘散缘聚

随缘随喜

好在有你

我住院东

你住院西

你有看家本领

我怀揣修行四十年的笔

岁月从此同行

你眼中

我是唯一

我心中

你是蜜侣

我们不是相依为命

而是为命相依

你是

一团黑色的火

今夜借你

把黑夜点燃

把门看好

不许外人打扰

撤退

2022
3
27

亲爱的

这是储蓄的阳光

榨成的蜜

在这个极冷的寒夜

借着月光

给你一勺勺增加热量

江湖有埋伏

不能让自责抢占制高点

年轻时谁浪费过

多余的夏季

你和你的泪永远长不大

经常丢盔卸甲

这次不同

是真的战争

我们不能把名字扔给自己

不能让目光流浪

让回忆溃不成军

我们撤退

有序地撤退

从容地笑

是的

笑里藏好刀

那是给自己留下的牙齿

古琴

2022
3
27

天地作琴

日月为柱

江河为弦

世人演奏悲欢

风沙弹奏离别

你在那头

我在这头

无法假如的际遇牵成弦

新的喉咙吟的都是旧的恋曲

子弹与春天

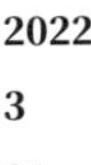

知道你已来临

虽然在昨天

你又披上白雪的风衣

考验旷世的小别我的忠贞

我早已习惯与自己温暖相拥

清理凌乱的羽毛

是鲜嫩的阳光走漏你的归期

大病高如秦岭将人鬼隔离

有想念就有代替的了断

平凡若仙无须考验

两年夜思日盼

重逢应是火山的沉默

病魔之舞萎靡已渐

抑或牙齿重归野性

养分恢复了秩序

体重长势如昔

朴素的欢喜天然的蜂蜜

大门紧闭

照镜试旧衣

山河无恙

泉水叮咚周遭如洗

崭新的一颗子弹

春天出厂

拽开门

那就在春天上膛

击落第一场春雨

百步穿杨

奇遇的目光

91 蛙鸣

2022
4
23

是难成眷属的眼泪在泅渡吗
还是太阳之芒
梗在夜色的喉咙
起起伏伏的超度
错过季节的种子

抑或是一群伪装的欲望酝酿
　　惊天的阴谋
日夜织网
把城市的睡意一网打尽
临街橱窗里展示的衣服
是谁上岸后丢弃的水草
期待着一个流浪的拥抱
此刻我这棵走累的大树
让星光绊倒
躺在湖畔的大树
仍想着拽住母亲的衣角
专注地看她
耐心地用成群的蛙鸣
擦亮成群的星星

半梦半醒间一次次闻到
辛弃疾的丰年里
飘来的米香

隐约看到子孙们

正在争先恐后地加热肯德基的

油锅

举着越来越远的

狼藉的蛙鸣

门前小河

2022
7
15

那是五十年前的粼粼波光在童真里的闪烁
中年的家门口的小河是小区物业的拙作，地产商卖出的吐沫
飞来飞去饮水的小鸟
其中有我大病初愈后放生的愿望
我们不可能不须认出彼此重逢的目光
也许它去我的老家找过我

它的飞翔我的凭窗欣赏
皆是最初的衷肠

我这个乡下长大的庄稼人
总想在雨后光着脚丫
在水泥的丛林邂逅一朵羞涩的蘑菇
也曾无数次在这条蹩脚的小河
赤足试探着与小鱼的一次交流
天越来越蓝云朵越来越大
有时这条小河几乎装不下
城市的欲望有如城市的车流
看不见的纵横交错的互联网那是多少条奔淌的小河
美丽湍急令人窒息

我还是想回到故乡

那条来去都有荆棘

荒凉野蛮的小溪

附录

诗歌的化外之门

——探寻陈福钢诗集《岁月如花》空灵玄妙的超然之美

绿岛
（北京）

2022
2
15

在当下多元化、自由化个体陈情的诗歌创作中，能够自觉地在作品寻找到一条通向自我、再现自我、突破自我的自由之路，则是诗人的一次从审美意识到生命意识的质的解放。为了这条路途的出现，有的人终其跋涉了一生也没有找到它端倪，而有的人诗心澎湃，纵横捭阖于现实和情感之间，吐纳于历史和未来之际，却不料忽一日灵光乍现，开悟于文字乃至于生命（生死）空灵的沃野之中。

可见，诗歌的山峰再高、再险、再难以逾越，也抵御不住思想的高度和想象的翅膀。读诗人陈福钢的诗集《岁月如花》，第一个感受便是天才的存在加上思辨的睿智，深邃的洞彻之悟连同游走于文本之外的宏阔、浩荡、肆意的视野拓展，可见拥有如此禀赋，对于诗歌的写作是何等的重要。

第二个感觉则是，诗人强烈情感波澜的涌动、助推，在融入大千世界真切现实存在的瞬间，所激起的关于历史、哲学、宗教等诸多思维意识在诗意中的有形与无形的再现，这一点自然属于后天的诗歌修养与审美向度的范畴。

第三个感觉，就是在诗歌创作的文本书写中，诗人从情感的深处（骨血里）

所涌动出来的那种平易、亲切、厚重、朴实的言说方式的自然呈现。这种浓郁的带有人文色彩的表述形式，自然是属于人性的、泥土的或者也可以说是江湖的，而绝非淫邪的、晦涩的、口水的、学院的，更非所谓的“主流”的范畴。

第四，游走于现实与化外之间，让诗歌在时间与空间的某个节点，俯瞰生命的轮回。诗人往往以现实生活中微小的事件和起点入手，关联、隐喻甚至暗示出某种恢宏、博大的视野与主题出来，哲学的意义及至传统佛与禅的影像对于诗歌文本的积极介入，大大提升了诗歌审美空间的驰骋，而这时的诗人不仅仅是一个超然于物外的述说者，更是某种事件的旁观者或亲历者。

结合以上几个观点，下面就对陈福钢诗集《岁月如花》的总体艺术特质以及它的某些空灵、超然、玄妙之美所带来的审美观念上冲击，做一些整体框架的分析和阐述。

空灵肃穆的灵光乍现

前面我们曾说过，陈福钢成功地在诗歌创作的道路上，为自己找到了一条自我释放、自我救赎、自我突破的自由之路。可喜的是，在这条充满了勃然生机的道路上，他为自己的诗歌开启了一扇化外之门。

这里所谓的化外，不是指传统的政令、教化所不及之地，而恰恰是因为它拒绝了通常意义上的世俗、欲望、狭隘、偏执甚至是暴虐意识的入侵和浸染，它是荒芜的原野中唯一存留下来的一块没有被污染“净土”，它显然已经逾越了当今社会严酷竞争、相互倾轧的现实层面。这里所说的“化外”，已经是穿越了现实羁绊的且充满了灵性与纯粹的，另一个时空的存在；它正在进入（置身）了一个“元宇宙”状态下的多维发散思想意识的全新空间，他要对传统的学科和门类进行一场类似于颠覆性的审视和抉择，他要站在“过去时”的额头之上，摒弃或挣脱严酷现实对于心灵（精神）的封锁和束缚，相反而是置身于一个全新的意识高度自由地与时光（存在）、自然（道）梦幻（神）来进行交流和对话。

福钢的诗歌在多元审美的框架之上，让我隐约地感受到了一扇化外之门的微微开启，而我只是在某些松动、迷惘的缝隙间，真切地看到了一束“光”的涌入，这也正是陈福钢诗歌为什么具有了某种深刻的哲学与禅宗、佛教层面的终极思考的把握和可能。把诗歌的创作实践完全地融入到生命意义乃至时光流逝的立体空间和宇宙万物的多维（立体）方位之上，让诗歌强大的意蕴（审美向度）突破了具体的美学局限和审美习惯，而庞大的诗性空间肆意地穿越于为生命设置的惯性与维度，诗人巧妙地把禅意与佛性的典籍活化（具象）为生与死的终极归宿，而在诗歌的全部表述中，那些充满了灵性的语言，就已经是天上的光了。

凝重的视野与深邃的考量，犀利的洞察与透过迷雾的层层辨析，折射出福钢诗歌最鲜明的艺术特色。可见，他（作者）不是一个纯粹的文本意义上的诗人，更没有酸腐、刻板的书卷之气。诗人所拥有的宏阔、高蹈的诗性弥漫的空间，熔铸着一段一段复苏了的历史的“画卷”，浇灌着现实社会当中最为真实写照的广大的芸芸众生相。

于是，我们有理由得出这样的判断，陈福钢的诗歌正趋于或接近于一种超凡脱俗甚至是陌生的高处不胜寒的境地，这应该是一种高度，是一种远远逾越了诗歌文本狭隘定义存在的高度。具备了如此思考的层面与境地，绝非是热血沸腾或怒发冲冠之后的误打误撞，而是超凡的才气与思想火花的聚合，诗歌所能提供的只是一个施展技艺的平台，在一个适宜的合理的时间和空间，诗人便无所顾忌地放牧着储存多年的诗歌的语言，而这种语言恰恰是对于生命过往的某种独特体验所致。

天空在诗歌之上，诗人端坐于云端，他要俯瞰世事众生一万年，在云朵之上放牧着自己的意念。这应是福钢诗歌对于人生乃至于生命凝重思考的一个重要的艺术启蒙。

与其去放任苍白无力的语言的铺陈，倒不如让作品说话的更好。

平凡得再也不能平凡的一个午后 / 救护车和亲人们簇拥着哭声与泪水渐行渐远 / 一条河的尽头 / 一条冰冷的巨石之上绑缚着一个魂魄 / 天黑黑地压下来 / 开始发狂把天抓破 // 天使们穿着白的蓝的外套 / 没有嘴巴只有眼睛 / 黑白无常混在其中 / 一脸得意的狰狞 // 胸膛一点点撕开 / 牙关一夜夜缝合 / 天堂 / 人间 / 地狱 / 寻不见逃生的绳索 // 所有的舍还不清全部的债 / 此时此刻即是得 // 双唇咬裂着血的路径来到昨天 / 精心种下的玫瑰早已漫山遍野泛滥成海 / 远远看到一个太阳和后来者正挨个儿殉海 // 欲望的黑洞徐徐打开，旋转 / 吞噬经过的所有欲望 // 眼皮顶开天地 / 疲惫的黎明 / 抬手，摸了摸天边的黑洞 / 洞中的黑暗开启了他光明的修行

——《因果里修行》

小学课本的书沿儿上 / 一站多少年 / 终于俯冲，俯冲，一路俯冲 / 落在胡天汉塞 // 讲究保养的王维老成一粒沙 / 迎风立于城头 / 与落日一起 / 迎接他的同行 / 我激动得一把 / 将那条奔淌的长河 / 塞进心胸 / 大喊 / 胡杨一千年不死 / 死后一千年不倒 / 倒下一千

年不朽 / 落日暖微微地握握手 / 拽上风 / 拽上王维 / 不知所踪 // 落日是王维的托儿 / 还是 / 王维成了落日的道具 // 名是利的托儿 / 利是谁的道具 // 沙是我的托儿 / 我是沙的道具 // 他俩何时藏起孤烟 / 只好就近去黑水城 / 一片市井声 / 住满西夏人 / 西夏人野蛮 / 冷兵器的发型 / 寒光咄咄 // 趁人不注意 / 把那条长河 / 还给王维 // 他有用 / 立起来，“大漠孤烟直” / 把它放平，“长河落日圆”

——《长河落日》

奈何桥畔盛开的莲花 / 一次次见证 / 一次次的道别 / 孟婆诡秘的笑 / 壮行的汤 / 含泪微笑一饮 / 赴死的英雄走向远方 // 中秋佳节 / 再次无声地走进小院 / 我没有认出 / 石榴站在枝头眺向远方 / 是谁哭肿的眼睛 / 菩萨请您赐它一张嘴巴 / 喊出那个夜夜驰骋的名字 // 阳光软下来 / 新的轮回开始 / 有的叶子已经走了 / 我还在等 / 多年前栽植的树木已成景致 / 枫林竹海 / 玉兰是母亲今生今世的名字 / 她仍是那么恬静温情 / 父亲早仙逝化作风在枝丫间穿行 // 千年了 / 醒来吧 / 月圆之前 / 谁不曾与春天走散

——《又见中秋》

这三首诗歌具有高度的代表性，是陈福钢众多渗透、浸染着空灵、超拔之美感的较为典型的作品。不难看出，它们都与生命中最本质的东西息息相关。那么究竟什么是生命中最本质的东西呢，无外乎生与死，一生一死构成了生命过程的全部内涵，然而生死又注定构成了“无常”的存在。至于生命当中的荣与枯、穷与达、名与利、因与果，都将是生命之外细枝末节的东西。

我们再来看，《在因果里修行》这首作品就是写生与死的。很显然，这首诗歌不是用笔来写的，也不是复述某件事情的经过，它是用了黏稠的生命汁液来浇筑的，每一个字、每一行诗，都是日月的长城，都是天上的云朵，都是梦里绽放的琼花。对于诗人而言，那是一场生与死的较量，在突发的大面积脑干出血的抢救过程中，麻药并没有让诗人丧失意识，也正是这种坚强的意志，带领着他神奇地游历了天堂、人间和地狱，在这个构成三点一线的历练与往复中，诗人却意外地捡拾到了一把开启灵魂大门的钥匙。用诗人在诗歌里所表述的语言，以及他（诗人）所要呈献给我们的第一感受是这样的：“寻不见逃生的绳索，所有的舍还不清全部的债……欲望的黑洞徐徐打开、旋转，吞噬经过的所有欲望，眼皮顶开天地，疲惫的黎明，抬手，摸了摸天边的黑洞，洞中的黑暗开启了他光明的修行。”

诗人强烈地感受到一个黑洞正在徐徐打开，是绳索、是舍、是债、是欲望，这个黑洞由天边迅速地向诗人逼近，直至将其吞噬、淹没，最终他在黑洞中寻找到了前所未有的灿烂和光明，而存在于世俗生命之外的（包括诗歌本身）一场漫长的“修行”，便从此开始了。

不知道这样的表述，是否有助于解读诗歌及至诗歌之外生成的庞大审美空间的探微。

在大唐盛世诗歌辉煌的宫殿中，王维不仅是一个特殊文化（水墨山水）的符号，更是“大漠孤烟直，长河落日圆”边关苍凉、悲怆诗魂的创意者。时光流逝了近 1200 年之后，一个叫作陈福钢的诗人却为我们这样解读了王维和他的诗歌：“讲究保养的王维老成一粒沙，迎风立于城头，与落日一起，迎接他的同行。我激动得一把，将那条奔淌的长河，塞进心胸。”此时的诗人不禁一再地询问：“落日是王维的托儿，还是，王维成了落日的道具；名是利的托儿，利是谁的道具？沙是我的托儿，我是沙的道具。”紧接着诗人就发出了一系列的慨叹：“他俩何时藏起孤烟，只好就近去黑水城，一片市井声，住满西夏人，西夏人野蛮，冷兵器的发型，寒光咄咄。”

在历史沉寂的故纸堆中，诗人借了一抹诗性的暖色，轻易地就把一片沉重、孤寂的历史天空，绘就成了一片五彩缤纷的云霓，那些翱翔于天外的，不尽是诗人的想象，却像是一个带着强烈情感与人性温度的不明飞行物，它任意地穿行，自由摆渡，尽显自由、天道的化身。届时，诗人显然不是在与纷纷攘攘的人间对话，他是在与遥远的历史搭建了一个能够安放诗歌的平台，是在做一次跨越时空的会晤。

试想，王维若有灵，面对千年之后这样一个不按常理出牌的诗人，又该做怎样的回应和感想呢。也许，只有居住在黑水城里的西夏人，才有自己的答案。

《又见中秋》这首诗歌，仅从名字上看非常地平淡无奇，岂不知它却是在写生命的轮回。在永恒的光阴与暂短的现实往复的交汇里，轮回无疑是一种人们最朴素的愿望和对于这种愿景的祈祷。而写轮回又不是诗人最终的目的，那只是对应现实生活(小院)的一种情感的设置与呼应。从别墅院落中枫林竹海的花木中，诗人突然想到了母亲，那是与母亲的名字息息相关的玉兰，试想，中秋的夜里，诗人披衣而起，徜徉于日渐萧索的院落，面对清瘦的玉兰花，他怎能不浮想联翩，玉兰是母亲今生今世的名字啊。当然还有父亲仙逝后化作的一缕缕风在枝丫间穿行的身影。

“千年了，醒来吧，月圆之前，谁不曾与春天走散。”到此为止，我们才确定这是一首怀念父母的悼亡诗。

诗歌之外的玄妙之门

一个诗人对于诗歌的创作而言，问题的关键是，能够跳出诗歌的文本，而不是拘泥于写作过程中的某种形式或深陷其中而不能自拔的顾影自怜。其实，跳将出去是为了更好地介入，站在一定的高度和维度上俯瞰你创作的在场状态，让更多的思维、意识和视野从不同的角度融入诗歌的肌理之中，这样的作品自然就会摆脱一种创作者在书写中与身俱来的纠缠与痕迹，而对于诗歌的掌控和驾驭的能力，就看作者徜徉、遨游于诗歌之外的姿态和能量的储备，这就正所谓是“不识庐山真面目，只缘身在此山中”的道理之所在。

读陈福钢的诗歌，往往有种被聆听甚或主动去接受或进入作者提前设定的某种言说方式之中。他（诗人）在讲述一个事件、经历或感受，又不时地在这些事件、经历或感受之外寻找着一种合理的契合点。那是一种发散性、放射性的诗意言说，构成了娓娓道来的亲切感。诗人不是坐在你的对面与你交谈，你可以感受到他飘忽不定的影子，但又总是在你视野之内的某个方位，你也可以听到他的声音，当然那是些构成诗歌元素的近乎于金属特质的回响。

惊雷邀暴雨 / 云 / 卷走刚画完的脸谱 // 子夜不赴逢场的戏 / 明朝深巷唯恐寻自己 / 大帐单处 / 残意虐笑意 / 翻阅巨颅中 / 藏的几本破书 / 寨门昏灯二盏 / 持伏甲兵十万 / 和衣仗半截秃笔 / 闻鸡习起舞 // 草莽逐江湖去了 / 掐指细数荣枯 // 家人随意万里曾波涛 / 新欢无觅旧颜已杳 / 今夜销今事 / 不涨心潮 / 酒酣处 / 暗礁正列阵千丛 / 点谁 / 与我碰杯大笑 / 共度这重生的良宵

——《 纸上谈兵》

清晨，寻狗吠 / 狗领上我 / 假山旁吓醒的牵牛花 / 穿着淡紫色的裙子 / 在风中瑟瑟发抖 / 无语天涯 // 无迹可寻她的来路 / 是寻亲还是沦落 / 也许只为贞守最初的承诺出逃 / 狂吠的狗儿似乎知道点什么 / 寻了又寻没有兄弟姐妹 / 没有家 / 仅她一朵 / 花枝招展的月季芍药凑过来 / 问这问那 / 含笑未答 // 牵牛花呀牵牛花 / 把你的家牵来 / 抑或趁我睡着时把我牵走 / 顺便带上那只叫半仙儿的狗吧

——《 牵牛花》

母亲，对不起 / 我是您给我留下的唯一的财产 / 不懂珍惜 /50 年建了一座“兵工厂”/ 这边生产贪 / 那边生产爱 / 贪进来 / 爱出去 / 您天才的伟大让我逞强扩张 // 某天，突然炸响 / 侥幸 / 我躺在血流成河的岸上 / 顺流而下 / 我却看到 / 两岸秀美如画的风光 / 我没有倒下 / 我从惊醒中又生出两双翅膀 // 母亲在天上 / 把我重新打量 / 阳光下 / 我面若莲花 / 闭目享受劫后的时光

——《兵工厂》

有谁见过现实中的纸上谈兵，诗人却能够从容地告诉你诗歌里的大阵已然是壁垒森严又阴云密布。多少刀光剑影躲在了文字的背后，而情感的硝烟与战火却在诗人的内心熊熊燃烧。这是一种怎样的情怀，诗人讲述的显然不是遥远的边关战事，他是在告诉你一场曾经爆发于内心深处的战争，尽管语气仍旧是那样的平静、淡然。

那朵被邂逅的牵牛花出现在清晨，诗人、半仙儿（狗）和牵牛花在一个宁静的晨曦开始了对视。这种对视没有语言，没有心事，只有彼此传递的目光和心声。这多像是一场哑剧，略带有一

些悲剧情节的哑剧，画面感十分强烈，彼此对比存在的反差也十分鲜明。在巨大的沉默中，在诗人不由自主地释放出了强烈情感的瞬间，时光的屏障被击碎，彼此尴尬的神态和心绪顿然被消解。“牵牛花呀牵牛花，把你的家牵来，抑或趁我睡着时把我牵走，顺便带上那只叫半仙儿的狗吧。”这样的一句潜意识的表白，恰恰透露出诗人对于生命价值的深层思考，面对现实生活的无奈和烦恼，而此时的牵牛花越发显得淡定从容，微微地莞尔一笑，应是它全部的回答。

在母亲亲手建造的一座“兵工厂”里，所有的武器产品都储藏在儿子的身体里，欲望（贪）和爱彼此对峙，刀枪剑戟血流成河，尸横遍野的疆场，没有最后的胜利者。面对如此残酷的战场，诗人只是努力地去做了一个凭吊者或观赏的看客。面对人生的疆场，世态的炎凉，利欲熏心的尔虞我诈，名与利的厮杀和屠戮，诗人不禁发出了如此逍遥、玄妙的心灵独白：

“阳光下，我面若莲花，闭目享受劫后的时光。”

什么叫超然物外，什么叫物我两忘，什么叫无我之境，什么叫置身化外，这两句话（诗歌）就是最生动、最形象、最透彻的解释。也就是说，懂得了这句诗歌的含义，就自然懂得了生命本质。

在当下乱象丛生、淫邪不堪、是非颠倒的诗坛，可曾有过这样峭拔、超然的作品吗？可有过如此面对世俗、欲望、功利，能够跳出三界外并以一个“上岸的老道”[①]的释然与玄妙之身，隔岸观火之余抚掌冷笑的诗人吗？

至此，我们才恍然大悟，诗人在他的诗歌里讲的不是故事，是大道的往复抑或灵魂来去的神秘踪影。

由此可见，陈福钢诗歌化外之境的某种存在姿态和高度是真实而客观的。

诗歌里无法安放的疼痛

除了前面提到的那首《又见中秋》，是写给已故父母的诗歌之外，在诗集中有几首作品必须要重点提及，那就是诗人写给自己已不在人世的姐姐的诗歌，它们名字叫作《姐，有空梦中一叙》《肩膀》和《探亲》等诸多篇什。

这几首怀念姐姐的诗歌，可以说是诗人在诗歌创作这部诗集过程中情感的一次总爆发，这些作品感情真挚，朴素自然，却有翻江倒海一般的冲击力，那种情感的扭力异常地惊人，可谓直抵人的心灵深处，读后让人有痛彻骨髓之感。

① “上岸的老道”，曾是诗人陈福钢使用过的微信名。

姐，坐着轮椅在村口

坐得月亮抬不起眼皮

天天想着我老弟

要不电话里听一句

夜夜执迷

一个月里全村的嘴

全村的牛马农机也没能拽回你

“我老兄弟肯定出了事”

肺癌晚期你心中梦呓

姐，现在向你解密

那个月里

ICU 中死神抱着账簿

核对我的善恶

你几十年的表率与教诲

令死神收起了账册

风驰电掣

没进大门

高呼

姐，

我从四川

出差回来了

你笑呵呵坐起来

摸摸我的脑壳

“瘦了，疲了

快杀鸡给他老舅熬汤喝”

穿着多厚的铠甲

再多说一字就击破

云淡风轻地别过

却永远躲不过那场滂沱

清晨，告诉保姆张阿姨梦见你

年轻地走了

到现在我没掉眼泪一颗
你说还会年轻地回
前几天我没穿铠甲
没拿手帕回到你的村落
走进你居住的屋舍
你的温暖一下子抱住我
幸福立刻充满心窝
庭院上空白云朵朵
你在哪朵里猫着
也许你正在和你的小姐妹们
　捉迷藏做游戏

姐，
我已健步如昨
有空梦中一叙
老弟当面还你
欠你的那场暴雨

——《姐，有空梦中一叙》

记得诗人向我提起过他仍在老家古冶甘义庄的姐姐，我知道他对姐姐的感情至深至厚。父母早逝之后，是姐姐扛起了家里的大梁，精心地照顾兄弟姐妹们长大成人。年纪并不是很大，生活一天天好了起来，姐姐却不幸得了绝症——肺癌晚期。一时间，陈福钢的天空坍塌了，他握住病床上姐姐的手发誓，就是倾家荡产也要为姐姐治病。就这样，他用大量的资金维持住了姐姐的生命，可是四年之后的一天，姐姐还是去了。

福钢对我说过，姐姐去世的时候，他没有过分的悲痛，也没有落泪，“看着姐姐安详地走了，我的心里没有太多的遗憾，反倒踏实了很多”。

原本是答应要回甘义庄来看病重的姐姐的，不料诗人因脑血管意外被紧急送进了 ICU 抢救，请看下面这几个镜头与现场画面。

姐姐：“坐着轮椅在村口，坐得月亮抬不起眼皮，天天想着我老弟，要不电话里听一句。”

弟弟：“风驰电掣，没进大门，高呼，姐，我从四川出差回来了。你笑呵呵坐起来，摸摸我的脑壳，瘦了，疲了，快杀鸡给他老舅熬汤喝。”

终于有一天，直到诗人在梦里得知，姐姐已离开了人世。“姐，我已健步如昨，有空梦中一叙，老弟当面还你，欠你的那场暴雨。”这里所说欠你的那场暴风骤雨，应该就是诗人在医院 ICU 里几天几夜生死搏斗的场面和切身经历吧。

再看另一首《肩膀》。

领着小我五岁的您的女儿
背我去入学
蹚着小河
您的歌声唱绿山岗唱飞您给我画的梦
清香的肩膀是我见过的最美的学堂

记不得您出嫁的光景
您是兄弟妹妹们期待的月亮
有您在可以任意放飞快乐的翅膀
您的肩是爹娘单独放眼泪的地方
每次临别您把积攒的阳光塞到母亲的手上
纤弱的肩摇碎满地星光
单薄的身影逆流而上
流向那个没有电灯的村庄
您把兄弟妹妹们扛进城里
您却站在家乡的山岗上站成坚实的守望
父母一一走后您的肩膀就是巢
笑声就是喂我们的粮

我是您最弱最细最长的神经
我的肩头我的行囊
您贮存过多少回热量
凭着它们我无数次战胜寒夜

就在去年腊月
您放下扛了六十四年的冬天
留下一朵祥云走了
而我的目光都没能摸摸您的面庞
安抚一下您的肩膀

从此

您落成一朵雪花

我

得

用

永

远

来

扛

肩膀的最大功能，就是承载各种负荷的地方。在诗人看来，就是姐姐对于天、对于地、对于家的全部支撑。这种唯一的支撑不仅仅体现在匮乏的物质方面，更多的是来自于强大、坚强的精神的层面。事实上，自从父母早逝后 ，姐姐的那双羸弱的肩膀，就义不容辞地扛起了“家”的全部重量。 所以诗人曾如此动情地说：“您的肩是爹娘单独安放眼泪的地方 。”直到最后 “您把兄弟妹妹们扛进了城里，您却站在家乡的山岗上站成坚实的守望，父母一一走后您的肩膀就是巢，笑声就是喂我们的粮”。终于，那双扛了六十四年的肩膀，化作了一朵祥云，飘去了远方。“从此，您落成一朵雪花，我得用永远来扛。”

我在这样想，对于诗人而言，姐姐的肩膀何尝不是一朵祥云，五彩的云朵，云朵之上的一只圣鸟，为诗人衔来生命的福音，衔来一片诗的圣洁的光芒，那么多语言的翅膀，那么多飘逸的遐想， 那么多穿越尘世的锐利的目光，它们哪一个又不是来自姐姐的肩头，把一首首来自天界的纯洁无瑕的圣诗献给姐姐，就是把最大的虔诚和祈祷供奉给上帝。

至此，姐姐无疑就是诗人心目中永远的寄托。

当诗人大难不死，健步走出医院的大门的时侯，他知道这一切的幸运和庇护，都是来自诗歌，来自诗歌之上的上帝，来自姐姐羽化的那朵五彩的祥云。

记得，福钢出院之后，我们见面的最多话题依然是诗歌，一种贯通神灵万物的天眼，让他（诗人）看到了抢救室无影灯光的安详与肃穆，人们紧张甚至是惶恐不安的表情。一瞬间，正是诗歌让他开了天悟，他仿佛真切地听到钻头钻透他头骨所发出的锐利的声音，听到了手术刀行走于骨肉之间的切割声 。而当诗人术后经过了十几个小时，躺在病床上奇迹般地睁开了双眼的时候，医生不禁惊愕地问了他这样一句话，“陈总，你是做什么行业的？”陈福钢略显自豪，平静而坚定地回答道：“我是一个诗人。”

这是一个真实的故事，事情发生在 2021 年的 4 月间，听了福钢的讲述后，我写下了这首《诗歌可以救人的命》的诗歌：

诗歌要人的命 / 要的是游荡于千里之外的魂魄 / 诗歌可以救人的命 / 救的却是近在咫尺的生灵 // 诗歌不是药 / 是在人界与灵界传授博爱的神 / 那个睿智的在悬崖边上 / 徘徊了一次的男人 / 陡然地返回了诗歌的梦乡 / 他说 ，所有的文字都是一滴水 / 伴着一个身影 / 在祥和的云端从容地行走 / 目光栖息在脚掌之上 / 路，在灵的上方 / 高——傲——地——穿——行 // 那时，诗歌以神的名义下界 / 拯救人的灵魂 / 拯救大地 / 和大地上所有的生命 / 有沉

重的文字在泥土上爬行/就像我们崇敬的庄稼/山川与河流//诗歌可以要人命/诗歌也可以救人的命

——绿岛《诗歌可以救人的命》——写给陈福钢

渡过了劫难的诗人终于整理了行囊，重新踏上了一条“探亲”之路。这时，陈福钢又一次回到了甘义庄，走进了村外那片墓地，他知道姐姐的新家就在这里。

隐瞒两年
黄昏的余晖中
终于找到
姐
你的家好难找好新啊
墓碑刻着清晰的门牌号码
那是你的名字
五百米之外
村落炊烟鸡鸣人喧

我们赤脚踩着麦苗回家吧
你也可以像小时候装作鬼
拦住我的路
这回我会一把将你攥住
无论如何尖叫
再也不会让你
挣脱我的温度

——《探亲》

这是一个多么沉重、悲怆的主题，在一个新的地方，一个陌生的新家见到了姐姐，但是在诗人的笔下绝没有悲悲戚戚的苦痛与纠缠，没有没完没了哭哭啼啼的哀伤与幽怨。诗人又一次跳出了人间的烟火，悄然地站在了生与死、名与利之外的某个制高点上，在与姐姐半开玩笑似的唠嗑、说话。语气里透着恬淡，话语间萦绕着一丝丝做弟弟的顽皮。“姐，你的家好难找好新啊，墓碑刻着清晰的门牌号码，那是你的名字，五百米之外，村落炊烟鸡鸣人喧。”原来，在老弟的眼里，姐姐就一直没有离开过生她养她的甘义庄。

最后，诗人劝姐姐还是回家吧。“我们赤脚踩着麦苗回家吧，你也可以像小时候装作鬼，拦住我的路，这回我会一把将你攥住，无论如何尖叫，再也不会让你，挣脱我的温度。”这样的调皮固然让人释怀，就像苦笑着放下了一个沉重的包袱，但着背后却让人揪心，是隐隐的那种大面积的心区绞痛。

人世间，有些情感和疼痛难以割舍，让人悲痛欲绝，不能自拔。人类从悲剧的起源中意外地发现了诗歌，而诗歌所能承载的，是在诗歌之外的某个难以企及支点。关于这一点，有很多的诗人好像并不知晓。

生命的栈道上堆积着太多的乡愁

在前面的论述中，我们一再强调诗歌的化外之境以及徜徉于诗歌本体之外的某个多维空间的存在。从陈福钢诗歌的创作实践，及至他诗歌审美所追求的诸多艺术表现特质来看，恰恰证明了他努力方向的必然性与前卫性。哲学层面的探微，宗教、信仰范畴的接近，历史空间与诗性节点的最恰当的融合、宽容乃至彼此的和解，让诗歌的表现形式多样化，更让诗歌的审美向度与诗意延展空间得以无限度的顺延和释放，在这里，我们姑且称作“诗域”的解放。

可以肯定的是，诗人的骨子里堆积着太多太多的乡愁，而诗歌所能够承载的最大负荷，已经容纳不下诗人情感的重量，于是他要寻觅一个自由的空间，一个独来独往的精神的王国（灵魂的栖息处），慢慢地消受生命之中的这份崇高的诗意的阳光。

让诗人忘不了的，除了难以割舍的那份骨肉的亲情之外，还有一份则是生于斯、长于斯的故乡——甘义庄。在诗人的血脉中，故乡不仅仅是一个特殊存在的符号，更是一段刻骨铭心的活着的记忆，尽管这种记忆是碎片化的、跳跃式的、时隐时现的存在，而诗人总是愿意将它们安放在诗歌之中去晾晒、风干。

在诗集中有一首《高高的土岗》，应是这方面最具有代表性的作品。

童年总爱站在村西头高高的土岗上 / 眺望远方 / 老人说火烧云下有一座大城 / 有出息的人 / 收音机里讲话的人住在那里 // 当晚做了梦 / 恍惚进了城 / 僵硬的面孔毫无血色 / 一双双警惕的眼睛像冬夜上空悬着的镰刀 / 光脚乱跑怎么也不能出城 // 突然间梦醒 / 驴喊狗唱 / 那么多红妆女相 / 皆比不上邻家小珍那副刁模样 / 父亲的棍棒，母亲的抚摸 / 三间破屋酿出的生烟将我呛进城 // 当晚又做了一梦 // 我被葬入高高的土岗 / 清晨钻出脑袋瞭望 / 不远的村落被一座座鳞次栉比的高楼淹没 / 故乡只剩了名字 / 返程时攥上一把土 // 传说土中千年的鱼子不死 / 我就是故乡放生的一尾鱼 / 游多远 / 长多长 / 月圆之夜 / 乘着月光也要游向那高高的土岗

——《高高的山岗》

“高高的土岗”可以是诗人意念中的存在，也可以是“甘义庄”村西头真实的地理方位。恰是这座被赋予了浓郁的诗意和时光过往的“高高的土岗”，则承担着一份让诗人扯不断理还乱的纷乱如麻情思。也正是在这座高高的山土上，诗

人将两个近乎原始的“梦”，给予了故乡永恒记忆的现在和将来。

很显然，土岗成了这个梦的载体，也是这两“不朽”梦幻的发祥地。试想，那时候的诗人还是一个尚未懂事的孩子，他站在了高高的土岗上，呆呆地眺望不远处火烧云下面的一座城，那场景酷似英国作家托马斯 · 哈代笔下那个无名的裘德，爬上故乡屋顶深情地眺望远方那座基督城的情景一样。于是，小小的少年梦见了自己走下土岗，一步一步向那座“英雄的城市”走去，他光着脚在城里乱跑，怎么也出不了城、回不了家，正当急不可耐时候，一泡尿将他从梦里憋醒。慢慢长大之后，诗人说是姐姐的肩膀“扛着”他进的城，才有了自己的发展事业和生命中的诗歌。时光跨度将近过去了半个世纪，诗人又梦见了自己被乡党埋葬在了这座高高的土岗。“ 清晨钻出脑袋瞭望 / 不远的村落被一座座鳞次栉比的高楼淹没 / 故乡只剩了名字 / 返程时攥上一把土 // 传说土中有千年的鱼子不死 / 我就是故乡放生的一尾鱼 / 游多远 / 长多长 / 月圆之夜 / 乘着月光也要游向那高高的土岗。”为什临走时执意要攥上一把土，因为传说中土中有千年不死的鱼子，所以诗人要做一尾故乡放生的鱼，在月光下也要游回故乡。

让现实的土壤与历史的身影对接、同框，拿了现代人的情感意识与历史上的某些著名人物进行时间与空间同位感的接驳和定位，而如此的安排，又一次进入了诗人的创作模式和思维定式。

在前面我们曾谈到那首《长河落日》的作品，诗人把王维和属于王维特有的经典诗句“长河落日圆”在现代的作品书写中进行了重新的审视。那么这次诗人的触须又敏锐地探视向了中国历史上那场有名的楚汉之争了，刘邦和项羽以及韩信、司马迁等历史人物，纷纷闯入了诗人的文字之中，一起进入现代视野的在场之中，当然还有项羽胯下的那匹驰名的乌骓马。

在诗歌中，诗人并不是一味地在调侃事件中的人物，也不是在开历史的玩笑，他是站在一种哲学审美之上的高度，在咀嚼那段几乎是窒息的刀光剑影的时光，是在跳出了历史的河床之外，纵向地俯瞰式的来审视并巡航发生在历史长河中的某个局部的历史事件。这不愧是一种俯冲式的鸟瞰，带有时光的追溯与历史的回响，发人深思，耐人寻味。

项羽是在太阳背后 / 抹的脖子向东与否 / 他没弄清 / 无颜江东还是江东无颜 / 仅一传十就传到杜撰先生那里 // 项羽体格好啊 / 喷出的血 / 喷了夕阳一脸 / 杜撰先生说叫气贯长虹 / 韩信看了看 / 指着那道彩虹 / 对刘邦说 / 楚王抹脖子方向整反了 // 那条栈道 / 之前 / 是匹夫们修的道具 / 楚王要脸 // 刘邦切了块 / 乌骓马肉 /

递给韩信//司马迁接过来/送到嘴里/香！挺有嚼头/乌骓马从
司马迁的嘴里/飞奔而出/一直跑到今天/上边骑着两个匹夫

——《匹夫》

在诗歌中，诗人看似是在拿调侃的笔触，甚至是荒诞不经的思维模式，在与今天的现实进行探讨、分析、研判着一件有趣的历史真实。韩信对刘邦说，项羽抹脖子的方向整反了，以至于喷了夕阳一脸的血，到底是无颜江东，还是江东无颜，此时诗人在这首诗中杜撰了一位“杜撰先生”。在刘邦的主持下，“研讨会”在继续进行，至于那条栈道成了谁的道具，尚不得而知。刘邦为何切了乌骓马的马肉，本来是递给韩信的，又为何被司马迁接过来吃掉，原来为的是后来再从司马迁的嘴里，飞奔而出的那匹乌骓马的身上，骑着两个匹夫，这匹马始终没有停下，一直跑到今天。

很显然，这首作品隐藏了太多的诗歌语言之外的内容，留给读者的空间过于空旷，那些缥缈、缭绕的画外音自始至终都将回荡在历史的天空。表面上的荒诞却掩饰不住深层次的哲思，表象的轻松、滑稽，隐喻着泪与血的沉淀与堆积。

这首诗歌无论从表现的形式上，还是主题本身在诗歌之外领域的大幅度跨越，都允许在一定程度的存疑或不解，而能够沿着诗人心灵启蒙的暗示，成功抵达诗歌的彼岸者，也毕竟是为数不多的少数。

总而言之，陈福钢的诗集《岁月如花》的重大贡献，就是通过诗人的创作实践，为我们幡然开启了一扇诗歌的化外之门。把诗歌的审美空间提升到哲学与禅宗的层面，不仅仅是简单的高度问题，而是一次观念与自我的解放，也是一场诗歌美学与现代思维方式所面临的观念上的革命，这是艺术的必然，也是历史的必然。

但是，必须指出的是，陈福钢的诗歌就目前的现实状态而言，依然存在很大的提升空间。只是我们更加着眼的是大的主流，那就是健康而锐意的发展方向，是那些诸多的独创性对于诗歌发展的拓展和探索的可能与勇气，这些无疑都是奠定一个成功（优秀）诗人坚强的基石和前提。

在不断前行、跋涉的路途上，我们一定会欣喜地看到诗人内功修炼的逐步强大和娴熟。披荆斩棘的求索，筚路蓝缕的磨砺，都是一个有出息的诗人无法回避、逾越的必修课。而思想的睿智，不为纷扰的世事所迷惑的心智，能够跳出自我、突破自我的勇气和对于诗歌的那种殉道精神，永远都是诗歌内在架构的钢筋与铁骨，而正是这种强大的钢筋与铁骨的生成，势必铸就着诗歌不死的魂魄。

我以为，凡艺术作品中，思想的高度往往取决于作者自身的道德与品质的高度；而艺术的高度，更直接源于艺术家与身俱来的禀赋、天分以及文化艺术等诸多方面修养的高下。这两点的确立，必将是每一个艺术家（作家、诗人）毕生所追求的方向和终生为之奋斗的目标。

历史的公正也许就在于当诗人看透了繁华烟云之后的那种孤独与冷静，而非身陷名利红尘之中的种种惬意与陶然的姿态。好在最终决定诗歌的话语权是作品（诗歌）（也只能是作品本身），而非诗歌以外附庸的任何点缀和华丽的装饰。

本文观点为一家之言，如有谬误愿与方家商榷。

对人生的深度体验和深刻领悟

——读陈福钢诗集《岁月如花 》

杨立元

读了陈福钢的诗集《岁月如花 》感触颇深，深受启迪，觉得这是一部书大智之书、大善之书、大美之书。我认为此书有这样几个特点。

一、对人生的深度体验。这部诗集是诗人在经过凤凰涅槃式的生命体验后，在生死的临界点上感悟人生，体验生命的价值，在“死而复生”后用佛学因果论来审视“天堂、人间、地狱”三重境界：“抬手，摸了摸天边的黑洞 / 洞中的黑暗开启了他光明的修行”（《在因果里修行 》）。正是这场生死劫使他深度思考生死问题、因果关系，因而写成了《在因果里修行》，可以说，这是佛学思想在现世的呈现。在这部诗集中，诗人把生活经验和审美体验交融契合，把现世与来世密切沟通，在当下现实与生命悟觉的交织碰撞中，充满对已逝生活、现实世界的深刻追问和对未来愿景的美好希冀，以及如何纯净灵魂、企盼使之最终得以安放：“今日是苍天为我的心儿 / 在这整洁的广场加冕 / 仪式前双手合十有愿”（《农历八月十六的早晨》），“焚香般若 / 皆炫布施心”（《布施》），他深信“撒下的种子”，一定会“参天成乔木”（《如花的节日》）。这样使得诗人生命个体与诗歌本体在通向明天和往昔的循环之路上，因因果关系而重逢合一，也使得该书有诗意、有深意、有真意，在看似平常的诗语中折射出生命的哲思与人生的智慧。因而这部诗集不仅用人性的深度、理性的高度打动我们，也用人生智慧和人格力量感染我们。可以说，这是诗人成熟的标志。这种标志不仅在于诗语的精美，更在于诗意的精深，所以这部诗集是一部充满多重意味的诗人的心灵史、生命史，能给我们以心灵的启示、精神的启迪、生命的启发。

二、对亲人的深切怀念。爱是诗人生命中核心素质。在这部诗集中表达了诗人对亲人的怀恋和挚爱之情，其中诗中的母亲、姐姐是诗人最留恋、最亲近的亲人，也是他心中最美的形象。在《兵工厂》中既表现了是母亲的对诗人的大爱之情，也表现了诗人对母亲的忏悔之意。诗中起始写道："母亲，对不起 / 我是您给我留下的唯一的财产 / 不懂珍惜……您天才的伟大让我逞强扩张。"在他劫后重生、对人生大彻大悟以后写道："母亲在天上 / 把我重新打量 / 阳光下 / 我面若莲花 / 闭目享受劫后的时光"，让"我从惊醒中又生出两双翅膀"。是母爱的力量使他渡劫重生，给了他人生的力量，使他"在因果中修行"。诗人还有一首关于母亲的诗《开门》："看着儿子敲门三下 / 喊一声妈 / 迎接的是嘘寒问暖 / 满嘴牵挂 / 心中不由泪珠滴答 / 即便鬓生华发 / 还想重唤那个字 / 可是哪里有人回答 // 没了那个娘啊 / 身虽有居所 / 魂却是漂泊的客。"诗人通过敲门这个真实生动的生活细节简洁深刻地表现了伟大的母爱，于细微处见精神，在日常中显深意，不由地使人感慨万端、眼转泪花，因为我也有这样的母亲，也有同样的感触。如今母亲没有了，留下的是我与诗人一样的深深的叹息和无限的怀念。这种伟大的母爱力量成为诗人诗歌中“一种不可或缺的伟大诗歌元素”。如著名诗评家霍俊明所说：“乡土背景下的母亲形象和关于母亲的诗歌书写在当下时代是具有重要意义的。”诗人在诗中也表现了对姐姐的大爱深情。如《肩膀》写出了姐姐就是自己和全家人生活和生命最坚实的肩膀：“您把兄弟妹妹们扛进城里 / 您却站在家乡的山岗上站成坚实的守望 / 父母一一走后您的肩膀就是巢 / 笑声就是我们的粮。”姐姐的肩膀就是全家人生活支撑，也是精神支柱，具有压不垮、推不倒的坚实力量。当她“把兄弟妹妹们扛进城里”后，自己依然“站在家乡的山岗上”，“坚实地守望”着兄弟姐妹们，企盼他们幸福安康。最后姐姐“留下一朵祥云走了 / 而我的目光都没能摸摸您的面庞 / 安抚一下您的肩膀”，这成了诗人的最大遗憾。母亲和姐姐她们继承了中国农民的吃苦耐劳、忍辱负重、含辛茹苦、甘于奉献、善良淳朴等优良品质，她们的精神是中华民族精神的重要体现。在现代语境中，这种精神对于我们人生依然有着深刻的启示和导引作用。

三、对故乡的深情眷恋。诗人作为农民之子出身优秀企业家虽然家大业大，但在他的身上积淀着浓厚的乡村文明，集萃中国农民的质朴、善良、坚韧、聪慧、宽宏、忠厚等美质，以至在他经商和成为诗人后成为他不可或缺的精神资源和心灵营养，能够使他保持高尚的做人做事的优秀品格。因此，在他的诗里也充满了家园意识，显现着深刻的故乡印迹，浸透了浓重的怀乡情感。在这些诗中，他常常借物抒情，或托物言志。如在《打碗花》中写道："有一种小花儿偶尔在记忆的角落摇曳 / 小时候小伙伴儿们在故乡的田野玩耍 / 晚炊前怕挨说采一把回家献给妈妈。""几十年里经常去田野乡下遇见无数的小花 / 却不敢认定直呼其名 / 回到故乡就是回到童年 / 亲切轻松 / 从童年回到城里有点儿头重脚轻"。在《牵牛花》中也同样表现了诗人对故乡的眷恋："牵牛花呀牵牛花 / 把你的家牵来 / 抑或趁我睡着时把我牵走。"打碗花和牵牛花是农村最平凡最常见的花，也是诗人童年时光最喜欢、迄今仍最眷恋的花，对这些花朵依然一往情深。再如《高高的土岗》中写道："童年总爱站在村西头高高的土岗上 / 眺望远方"，如今身居城市的他依然"是故乡放生的一尾鱼"，"乘着月光也要游向那高高的土岗"。在这些"记得住乡愁"的诗中，诗人表现了对家乡深深的依恋和不舍之情。因为这里是他生命之根，精神之源。如习近平总书记所说："什么是乡愁？乡愁就是你离开这个地方会想念的。"这些记得住乡愁、留得住初心的诗读来感人至深，唤起我们这些农裔城籍的人深深的乡愁，也让我们永远"记得住乡愁"。

这部诗集表现了诗人对生命意识的探寻、生活真谛的求索，是他"心智的果实”，“把诗歌的审美空间提升到哲学与禅宗的层面”（绿岛语）。诗人从生活中走上形而上寻求生命的意义，达到了感性和理性的高度融合，感性丰盈、理性深邃。如歌德所说的那样：感性“愈和理性结合，就愈高贵。到了极境，就出现了真正的诗，也就是真正的哲学”。所以，这部诗集是“真正的诗”，“真正的哲学”。

陈福钢诗美的哲学意境

——读诗集《岁月如花》

刘长明

“人生不如意事十之八九。”这句俗语最早语出《晋书·羊祜传》。简简单单10个字，却道出了人一生必须要面对的现实和生活的艰辛与沧桑。尤其是在某个时间与空间的交汇点上，出现了“不如意十之八九”的时候，能够坚强地面对、能够活得更好，甚至还要活出些许的诗意来，那将会是一种什么样的心力呢？

读罢《岁月如花》这部诗集，我的眼前自然而然地出现了这样一个意象：清风拂动的莲——

也许它常常生活在污泥浊水之中，脚下有藕；它愿不愿意都要迎接世间的风风雨雨，头顶上有花；在风风雨雨和污泥浊水之中，它更加珍惜生命，手中举着莲蓬。这，就是我在陈福钢诗中读出的生命哲学和生活智慧。

我听到魔鬼窃窃的私语 / 我听到你的心跳走远的声响 / 我听到你挥手的声音 / 我听到雨点整装出发的声响 / 我听到姻缘挂钩的声

响 / 我听到母亲把心跳递给婴儿的声响 / 上善真的若水 / 浓缩的此时此刻 / 您就把我这滴水 / 还给沧海的心吧

——《手术中》

这是将一生“浓缩在此时此刻”坦然。这种“坦然”必定来自对生命的尊重与珍重。

喝咖啡，有人只是喝出了苦，有人却在苦中品味出了入心门入骨髓的香；面对天灾人祸，有的人一蹶不振，有的人却用它酝酿出刻骨铭心的诗行，并用诗点亮了人性中最光辉和温暖的部分——

让死神扔在半道的人，走出家门 / 背手掐着一把晚霞 / 狗儿叼着一枚落叶 / 那是站直的躯干上飘落的心 // 偶遇邻居对门 / 嘴上都开着温暖的春花 / 柴米油盐大葱涨价 / 霜降秋分 / 我的久违是上好的画布 / 他们何时成了油画家 / 在我的背影纷纷签名 / 炼狱里滚沸的金水 / 只有站起才能镀上金身

——《今天最幸运》

整首诗是“死而复生”后的微笑，是“凤凰涅槃”后的超然，是对生命价值的重新判断。其中，让人最欣赏的是“炼狱里滚沸的金水，只有站起才能镀上金身”。这句诗里包含的丰满之情感与哲理，真是撞人心怀。多少写诗的人常说：写一辈子诗，有几人能够有一句绝在当下、传在后世？“炼狱里滚沸的金水，只有站起才能镀上金身”有此意境。

哲学，是生活的智慧。市场与资本，让我们学会了价值判断，让我们从另一个方面学会了人生的成本合算。一个大诗人也是一位哲人，他竟然虚无到了不留下一行诗的程度。他回归到家庭，享受着天伦之乐，享受着人生岁月的最后时光。但是，如果我们看透人的一生，哪些岁月不是人生的最后时光呢？所以放弃便是得。这种得，是虚无价值的建立，是虚无价值判断的建立，在这个过程当中，一个人往往经历了莲的成长过程。

“凤凰涅槃”后诗人写道：

病已痊愈/该离去的已经离去/春天的脚步越来越急/盘算着坐上哪一片落叶去哪里旅行/如今的科技当下的神人/不知不觉里已将/童年记忆中聊斋故事里的荒郊野岭/插满钢筋水泥/千里眼，顺风耳/不值一提//乡村堆成小城的故事/成群成群的人/

分割成孤独和往事/我这个胡子渐白/无力又无用的书生/等待有一片落叶/在家门口经停/什么也不带/从家门口出发/随意去旅行

——《我开过一次花》

到此，我还是想说那句话：在某个时间与空间的交汇点上，出现了“不如意十之八九”的时候，能够坚强地面对、能够活得更好，甚至还要活出些诗意来，那是一种什么样的心力呢？

学者赵林曾经说过：“我们这个时代缺乏真正的哲学，我们很不幸，生活在这么一个没有哲学的时代。但是从另一个角度来说，我们也很幸运，因为一个没有哲学的时代是一个轻松的时代，一个使人可以像动物一样跟着感觉走的时代，这个时代的特点不是崇高而是快乐。无论大家对这个时代的价值判断是褒是贬，但是有一点是大家都必须承认的，那就是我们的时代是一个市场化的时代，一个浮躁的时代，一个急功近利的时代。”

笔者认为，许多唐山人不是。

大地震后生存的唐山人，活着本身就是哲学。不进入这个因灾难而变得“奇特”的圈子，圈子外面的人看不懂唐山人。作为 1976 年唐山大地震以前出生的唐山人，大多都面对过死亡，活下来的也都是死里逃生。同样，经历过“死而复生”“凤凰涅槃”的人，面对过天灾人祸、生死离别的人，对生命的看法，对生命的价值判断，对生命的长度和深度，往往与常人都有着不同的感受。

陈福钢恰恰用诗给我们写出了这种“不同的感受”，并且用这种“不同的感受”撞击着我们的灵魂。在“千诗一面”的现实中，这种撞击难能可贵。

诗，应当是文学中的文学；一个真正的诗人，应当是一个思想家和哲人。峭岩老师在《歌唱的布谷鸟》中追忆诗人李瑛时写道：“他早年的诗写得轻松流畅，在叙事状物上不断有新的突破，逐年都有超越。我和诗友们多次谈起，在马拉松般的诗路上，有不少诗人落伍掉队了，而李瑛常写常新，直至炉火纯青。我指的不仅是技巧的跟进，更重要的是思想上的拓展，日益坚实。”诗集《岁月如花》显现了诗人陈福钢对当下众多事物的独立思考与见解。诸如《小人颂歌》《审判金子》《西夏王陵》等等。

诗创作的艺术方面，诗人通过《岁月如花》让我们看到有如下特点。

一是诗作明显地受到了古典诗词的影响，尤其是在韵律上。偶用单音词，跳跃性很强。《审判金子》还采取了诗剧的写作方式。可谓形式不拘一格。

二是诗中多用叙事方式，少用诗的技巧。他的诗是用故事打动人、用情绪感染人，而不是用诗的技巧去吸引你。但应当注意的是，要尽量避免诗体冗长，或因叙事过度而影响诗意的飞翔。

三是适当的口语（注意，不是口语化）能贴近更多的读者，有利于作品的传播。

总之，陈福钢的诗是自己的诗，是诗的“那一个”。有人会说，谁的诗不是自己的诗？答案当然是否定的。当下，许多诗或注重表象与意象的华丽，或因为没有生活与体验的“那一个”，生生制造出的所谓的“诗”若基因复制，给人千人一面、似曾相识的感觉。而陈福钢的诗是自己的诗，有自己的个性，自己的情感，自己的表达方式，自己的表现空间，自己的抒发内容。甚至，不可复制。

朴素与真情的诗美融合

——陈福钢诗集《岁月如花》浅谈

张恩浩

尽管疫情尚在，尽管春寒料峭，但淅沥的小雨已经润色出新的诗意，浩荡的春风正裁剪出新的色彩、新的气象。读陈福钢的诗集《岁月如花》，平添了许多惬意。

陈福钢是我很尊重、很欣赏的一位诗人，同时也是我非常认可的一位兄弟。

从精神层面来说，他是一位具有文学风骨的诗人。因为在这个文坛异常喧嚣的时代，陈福钢先生没有跟风，而是独守初心，依然保持自己旺盛的创作激情，在素雅的时光里抒写着具有自己的风格的文字，不断绽放着自己的色彩和精彩。能做到这一点，实属不易，值得点赞！

这是其一。

其二，从文学创作的实践来讲，他的作品，不矫情，不做作，文字质朴、干净，亮点纷呈，而又别具风情。最重要的是，他的文字抵达了生活深处和灵魂深处，因而实现了与读者有效的情感链接和共鸣。这是他自己创作的成功，也是对年轻诗人善意的积极的引领。

比如，在《西夏王陵》这首诗中，里边有这样的句子：

水滴状的墓冢
那是西夏人的眼泪垂落在大漠坦荡的
　　胸膛
一节节水做的柔肠
几百年难眠的悲伤让纯洁的水恋恋
　　不舍的水
返回她出嫁的地方
……

这样优雅的文字不仅帮我们打开了沉重的历史，而且我们所珍视的家国情怀立时涌上心头，真是心潮澎湃，百感交集。

再比如，在《无语的玉门关》这首诗中，诗人写道：

枯萎的时光

石头瑟瑟发抖

风是饥饿的群狼

守卫这片土地吗

这寸草不生的沙砾

什么力量涂炭了你

阳光下看到死

月光下看到生命吗

周身沾满故乡的春色

给它一抹生机

叹息中我确认渺小无力

伟岸的身躯

坦荡广袤的胸怀

历史深处肥美的水草

火热的歌舞眼神

柔情　似水

肝肠寸断

……

在这样的句子中我们不仅看到了作者独到、鲜活、有张力、有魅力的诗歌语言，又让我们受到了强烈的视觉冲击和精神震撼。

很多作者的作品之所以乏味，就是因为在本该凝重的诗歌语言中勾兑了大量的 H_2O——水。从而稀释了本该凝重的诗意，甚至把一首好诗变成一片狼藉。

回到陈福钢的作品，正因为他首先融入了自己朴素的真情的实感，所以他的文字就自然呈现出了诗歌应该具有的美感和质感。

比如：

《姐，有空梦中一叙》，这首诗里边有这样的句子：

姐，现在向你解密
那个月里
ICU 中死神抱着账簿核
　　对我的善恶
你几十年的表率与教诲
令死神把账册收起

风驰电掣
没进大门
高呼

姐，我从四川
出差回来了
你笑呵呵坐起来
摸摸我的脑壳
“瘦了，疲了
快杀鸡给他老舅熬汤喝”
穿着多厚的铠甲
再多说一字就击破

无疑，这样看似信手拈来的句子，却绵里藏针，精准地击中了读者的泪腺。

当然，这是从文字中自然渗透出来的能量，而不是靠语言堆砌所拼接出来的光芒。

再看作品《今夜无人缺席》里边的句子：

爹娘是在庄稼快丰收的
　　时候往西去的
抱着个简单的小盒子
应该不是又去借粮食吧

大姐的脾气仍是那么急
找了去
我行小，只能在夜深人静
动用回忆的卫星一次次标出
　　他们的方位

没有宏大的叙事，也没有华丽的语言以及刻意的矫情和抒情，但正是在这样平静的叙述中，让读者感受到了那个年代贫穷的气息，也自然让我们身临其境般感受到了那种痛苦、忧伤和悲壮。

其实质朴本身就是一种创作技巧。当然，光有质朴还不够，能够激活语言的张力，才是一个优秀诗人应该不断提升的能力。

我很认同这样的观点。那就是：文学的核心是文学的心，所以作家用一颗真正热爱文学的心来写作。在喧嚣的世界里，纯文学被赋予了记录时代（批判社会）的功用，并筑起一道隔绝狂乱噪音的屏障。

所以，我们在创作实践中，不仅要观察生活，更要积极参与生活，同时要不断思索，最后获得感悟，而这个观点，在陈福钢的作品中得到了有效印证。

比如《长河落日》，里边有这样的句子：

讲究保养的王维老成一粒沙
迎风立于城头
与落日一起
迎接他的同行
我激动得一把
将那条奔淌的长河
塞进心胸

大喊
胡杨一千年不死
死后一千年不倒
倒下一千年不朽

我觉得，这样的句子不是作秀的表演，也不是声嘶力竭的无病呻吟的呐喊，而是发自肺腑的感悟和感叹。

比如《在因果里修行》这首诗，里边有这样的句子：

平凡得再也不能平凡的
　　一个午后
救护车和亲人们簇拥着
　　哭声与泪水
渐行渐远
一条河的尽头
一条冰冷的巨石之上
　　绑缚着一个魂魄
天黑黑地压下来
开始发狂把天抓破

天使们穿着白的蓝的外套
没有嘴巴只有眼睛
黑白无常混在其中
一脸得意的狰狞

胸膛一点点撕开
牙关一夜夜缝合
天堂
人间
地狱
寻不见逃生的绳索
……

这是一个诗人真实的生命体验，也是一场惊心动魄的精神蜕变。在生离死别面前，一个诗人独特的感受和气质得到了彰显。这种意境的营造，足以让读者感到心灵的震撼。

比如《仙人掌》里边的句子：

誓言已为废弃之锁
从此春光成陌
冬雪不阿
彼此不过偶遇的果

我曾愿作你白昼的沉默
你却做了
　　我子夜纵情的歌

这仅仅是个人情感的素描吗？我看不是，分明是一种人生感悟融入其中，令人思索，也令人动容。

比如《献 歌——夜读陆游〈钗头凤〉有感》里的句子：

宋朝的城头垂柳
依然长在陆游的词中
青春之事
古人的传唱已精美绝伦

夜已睡沉
失眠的山风吹过星空的睫毛
谁曾见过你的走失
从前世到今生

彼此赴的是这道轮回的约定吗

今夜山河不甘寂寞

借古喻今，借古讽今，怀古伤今，借古鉴今，是我们文学创作常用的一种技巧。

以史为鉴，可以知兴衰。其实历史上的每一天，都是喜忧参半的。既有重大事件，喜事庆典，也有爱恨情仇，柴米油盐。

在陈福钢的作品里，我们看到了美丽的忧伤，也感受到了人间的浮华和苍茫。

而《壶口瀑布》和《肩膀》这两首诗，我们既领略了大自然的奇迹和悲壮，又明显感受到了一种昂扬向上的力量。

比如《壶口瀑布》里的句子：

一直奔腾于梦

奔腾于华夏子孙的梦

顶着岁月猎猎的风沙

艰难倔强地前行

这绵延不绝的儿女

滔滔不止的气概飘扬在

地球之上

东方之巅

今天，我来了

身着一身素衣

不只是膜拜

我不能用流出的泪
祭奠你
准备好的呼唤
在你的面前
化作颤抖的哽咽

我们读过很多以壶口瀑布为主题的作品，特别是诗歌，但陈福钢的作品别具一格，他从普通的梦的意象切入，既写出了大自然的鬼斧神工，又融入了国家的、民族的神圣情感以及诗人自我的咏叹。所以，这样的作品有嚼头，有味道。

再比如《肩膀》这首诗里边的句子：

就在去年腊月
您放下扛了六十四年的
　　冬天
留下一朵祥云走了
而我的目光都没能摸摸
　　您的面庞

安抚一下您的肩膀
从此
您落成一朵雪
我
得
用
永
远
来
扛

当亲人离去，我们的世界顿时会寂寞无边。空荡荡的人间，仿佛只有自己在顾影自怜。只有骨子里的那份坚强和勇敢，才会让我们瞬间成为顶天立地的男子汉。这就是文学的能量。

陈福钢的作品除了弥漫着忧伤、昂扬的气息之外，其实，我又欣喜地发现了可爱的、诙谐的情趣。

比如《跌 跤》这首诗里边的句子：

腊月廿五的中午
艳阳正如病愈的生命
残雪成的冰一下将我揽入
　　它的怀抱
保安和路人甲乙丙丁的热情
　　几乎把冰
　　融化

仰面朝天
顺便给老天爷请个安
只是磕头的方向
磕反
走两步走两步
今年少收不了压岁钱
因为我提前几天
开始练习
给老丈母娘拜年

身后的笑声
久违的春风
如期掀起波澜

句子诙谐、风趣，令人忍俊不禁。

再看《大 雪》这首诗里边的句子：

时间长在天上
只有神能够采集
时间是良药是一切
我是俗人是神养的宠物
肌肉发达
几百万年了自信大脑也发达
生生无敌丢了规矩

字里行间，我们看到了笑中有泪，喜中有哀，这就是我们的红尘，这就是我们必须面对的人生百态，也是我们作家诗人与众不同的格局和情怀。

其实，我特别欣赏陈福钢的两句诗，那就是：

光阴，你可以带走我的青春

但你，必须把传奇留下

这就是一个诗人的风骨和情怀！

作为中国诗歌学会理事，也作为一个普通诗人，我想从陈福钢先生的作品和我自己的创作实践谈几点看法：

第一，不忘初心，虔诚追梦。

我觉得，不管是成名作家，还是普通作者，其实我们都是文学之路上的追梦人。而追梦所带来的内心的愉悦和精神的充盈，不断滋润着、丰富着、涵养着我们的人生。

我经常喜欢跟朋友讲：一个真正热爱文学的人，一定是幸福指数很高的人。

所以说，追梦，是我们的权利，也是我们的福利。但追梦应该虔诚，应该对文学有敬畏之心，不能急于求成，也不能盲目跟风。

第二，忠于生活，坚持自我。

王家惠主席的观点我觉得特别发人深省。王老师说："现在写诗歌的人很多，而且看起来很不错，文笔不错，内容不错，而且很有内涵。但是如果把几个人，甚至几十个人的作品放在一起，你很难分清是谁写的。”

大家似乎都在追赶潮流，都在追求大众喜欢的风格，所以造成作品个性化的辨识度越来越低。他说，在 20 世纪，随便提一位诗人，比如艾青、臧克家，比如北岛、舒婷。每个人的创作都个性鲜明，独具魅力。

但现在呢？把一本诗歌刊物拿出来，假如把作者的名字进行互换，几乎没人会感到诧异。

这是一个令我们作家诗人不得不警觉，不得不进行深刻反思的严重问题。

如果大家热衷于跟风，你就会慢慢地丢失自己。丢失自己的个性，丢失自己的锐气，丢失自己的风格，丢失自己的骨气。

当然，我也在不断提示自己。

第三，不断学习，勇于突破。

我认识很多诗人，线上线下交流很多，但能够成为分子的优秀诗人的比例令人惊愕。有些朋友很勤奋，铺天盖地写了那么多诗歌，甚至赢得了很多点赞，所以，这些足以让他飘飘然。

但他不知道，自己写的作品非常一般，甚至根本不是诗歌。

我们看到的很多作品，只是以文学形式推送的一堆文字和符号，语言简单或者晦涩，内容空洞，意境肤浅，缺乏内涵。

我们不要在乎有多少人在点赞，因为点赞的人，不一定真的看了你的作品，这只是一种礼貌的敷衍。

在读者为王的时代，没有人会违心地为你喝彩！即使喝彩，人家给你的也只是“倒彩”，或者出于某种目的点赞、吹捧，那只是别有用心的人、不择手段地在对你进行“捧杀”。

以上是一己之见，仅供参考。不妥之处，请各位老师批评指正。